Sonhos

Franz Kafka

SONHOS

Prefácio
Luis Gusmán

Tradução
Ricardo F. Henrique

ILUMI//URAS

Coleção Papéis íntimos
dirigida por Luis Gusmán

Seleção de Luis Gusmán a partir de *Träume*,
edição organizada por Gaspare Judice e Michael Müller,
Fischer Taschenbuch Verlag, 1993,
e da edição da *Obra completa* de Franz Kafka,
editada por Jost Schillemeit, S. Fischer Verlag, 1992.

Copyright © 2003 desta edição e tradução
Editora Iluminuras Ltda.

Capa
Fê
Estúdio A Garatuja Amarela
sobre detalhe de *Chevirat Ha-kelem* (2000), instalação, técnica mista [940 cm x510 cm], Anselm Kiefer. Chapelle de la Salpêtrière, Paris.
Orelha: detalhe de *Sefiroth* (1990), instalação, técnica mista
[380 cm x 250 cm], Anselm Kiefer.

Revisão
Ariadne Escobar Branco
Ana Luiza Couto

CIP-BRASIL. CATALOGAÇÃO-NA-FONTE
SINDICATO NACIONAL DOS EDITORES DE LIVROS, RJ

K16s
Kafka, Franz, 1883-1924
  Sonhos / Franz Kafka ; prefácio Luis Gusmán ; tradução Ricardo F. Henrique. - São Paulo : Iluminuras, 2003. (Papéis íntimos) – [1.ed., 3. reimpr. 2014].

  ISBN 85-7321-194-6

  1. Kafka, Franz, 1883-1924. 2. Sonhos. I. Henrique, Ricardo Ferreira. II. Título. III. Série.

08-3487.   CDD: 838
                                     CDU: 821.112.2-3

18.08.08   19.08.08   008248

2020
EDITORA ILUMINURAS LTDA.
Rua Inácio Pereira da Rocha, 389
05432-011 - São Paulo - SP - Brasil
Tel./Fax: 55 11 3031-6161
iluminuras@iluminuras.com.br / www.iluminuras.com.br

ÍNDICE

Prefácio
DE OLHOS ABERTOS 9
Luis Gusmán

SOBRE A TRADUÇÃO 17
Ricardo F. Henrique

SONHOS 19

Prefácio

DE OLHOS ABERTOS

Luis Gusmán

*O sonho revela a verdade
atrás da qual se encontra o pensamento.*

F.K.

Kafka contempla junto com Felice a fotografia de um menino, o que o leva a revelar o sentimento que o embarga quando pensa na fragilidade de uma criança no mundo. No olhar de Kafka há sempre alguma coisa que o obriga a afastar os olhos do horror. Suas histórias, diz ele, "são um jeito de fechar os olhos".

Esse desvio do olhar, porém, tem nome: seu próprio corpo. Se por momentos ele consegue se desvencilhar do horror que lhe provoca, a trégua é breve. Mas, se observarmos suas fotos, antes de ele adoecer, veremos que seu corpo está longe de ser esquálido ou, pelo menos, não tem muito a ver com a descrição que Kafka faz dele. Basta ver suas fotografias de nadador para entender que é outra coisa o que o consome.

Há outro motivo pelo qual Kafka fecha os olhos: o amor das mulheres. Seus *Diários* nos permitem seguir seus passos pelas ruas de Praga, perambulando atrás de prostitutas; ou suas viagens ao encontro de Felice, que ele evoca de olhos fechados e, ao reabri-los, espera que, por obra de magia, apareça o objeto amado; ou a impaciência doentia com que espera as cartas de Milena.

Podemos dizer, por outro lado, que Kafka dorme de olhos abertos. Dorme, mas descansa? E como esse personagem de conto fantástico guarda nas pupilas a última cena do vivido? Isso torna o limite entre a vigília e o sonho tão tênue que a "porta da lei", figura tão cara a Kafka, parece não separar claramente as duas realidades.

Cabe ao leitor perguntar-se se nos *Diários* ou nas *Cartas* os sonhos se delineiam como mais um elemento em meio à acumulação maníaca de detalhes, motivada por essa necessidade de deixar tudo por escrito para dar mais corpo ao caráter póstumo, testamentário, de sua escritura, ou se eles têm identidade própria.

Antes de tudo, deve-se estabelecer em que gênero o sonho se enquadra depois que Freud escreveu *A interpretação dos sonhos*. Desde a Antiguidade, o gênero sempre desfrutou do indiscutível prestígio da adivinhação, quando o vaticínio sobre a boa ou a má ventura podia ser lido nas vísceras ou no voo das aves. Uma técnica de decifração que criava e derrubava reinos; de César a Macbeth e sua Lady, ninguém estava a salvo de sua influência. Mas o que acontece quando alguém inventa, não mais a narração do sonho para que seja decifrado, mas a livre associação a ser realizada pelo próprio sonhador? Assim, a partir dos sonhos seria possível contar uma história de vida. No caso de Kafka, esse registro se dá por escrito.

Paradoxalmente, porém, ele inaugura uma nova forma de comunicação com o sonho. À maneira das sepulturas do cemitério de Spoon Rivers, onde os mortos conversam entre si, Kafka atribui aos sonhos este poder coloquial: "De quem é o túmulo sobre o qual cresce a grama? Chegaram sonhos, chegaram subindo o rio contra a corrente, por uma escada sobem o muro do cais. Você fica parado, conversa com eles, eles sabem muitas coisas, só não sabem de onde vêm".

Há um poder que os sonhos irradiam na vigília, diz Kafka. Nele, essa irradiação se traduz em duas vertentes. Uma, a luminosidade que seus sonhos adquirem nas metáforas e descrições de imagens, sobretudo na arquitetura dos edifícios, o que confere à cidade contornos de pesadelo, numa profusão de labirintos e galerias que duplicam as paisagens habituais das ficções kafkianas. Portas, espaços fechados, o próprio castelo. Nos sonhos, Kafka vai reencontrando na cidade cotidiana uma ordem e uma desordem quase inversas às da vida diurna.

A outra irradiação pode ser rastreada nos sonhos que se passam no teatro. Local privilegiado da atividade de Kafka, que o frequentava como espectador, na vida onírica se desdobra numa verdadeira *mise-en-abîme* em que reina a representação da representação; o teatro dentro do teatro, a peça que representa em sonhos o espaço teatral onde o sonhador desempenha ao mesmo tempo o papel de ator e de espectador, em cujo cenário se confundem público e elenco, palco e platéia. Até o ponto de que, numa espécie de travestismo de uma Sarah Bernhard eslava, a protagonista feminina sempre acaba transformada em homem.

Quando seus sonhos se tornam pesadelos, o sonhador está sempre em movimento e não consegue escapar porque, como nas marionetes de H. von Kleist, os cordéis estão em outra parte. Há um volume no pesadelo — como naquele quadro de Fuselli em que o íncubo toma a forma de uma égua que senta com todo seu peso sobre o peito do sonhador — que permite falar de um bestiário onírico, já que em seus sonhos aparece um asno, um cachorro e certos híbridos inclassificáveis.

Há um momento em que a pregnância da imagem ganha volume, luminosidade viva, e é quando Kafka fala dos sonhos como dos presépios vivos das procissões. Mas nessa enumeração há uma posição diferente quando o movimento se inverte e surge uma paisagem imóvel, fixa: quadros. Kafka sonha com pinturas. Sonha com um quadro de Ingres, *A donzela do bosque de mil espelhos* ou, melhor, *As virgens*, onde novamente a representação se abre à representação, e as donzelas se tornam indistintas e se multiplicam "de tal maneira que aquilo que o olhar perdia no detalhe ganhava no conjunto".

Ele também sonha com imagens pictóricas em que se destacam os desenhos que ganham um volume cada vez mais leve, e sua mão, que costuma abandonar o lápis por não conseguir escrever, é substituída pela mão que em sonhos apanha o lápis para traçar uma corporeidade.

Talvez os mesmos desenhos que na vigília vão armando distraidamente sua própria vida, como o que acompanha uma carta a Milena. "Para que você veja algumas das minhas 'ocupações', mando anexo um desenho. São quatro postes. Pelos dois centrais passam duas barras onde se prendem as mãos do 'delinquente'; pelos dois externos passam as barras para os pés. Uma vez preso o indivíduo, correm-se lentamente as barras até que o corpo é rasgado ao meio". A imagem onírica atinge o clímax da representação, sua máxima condensação, quando, no sonho, o desenho se converte em escritura.

Se o leitor reparar no conteúdo mais manifesto dos sonhos, verá que a recorrência labiríntica de se perder numa paisagem sem saber que se perde, por ser essa paisagem uma criação dele próprio, vem associada aos sonhos com o pai que, ao contrário daquele de *Carta ao pai*, é aqui extremamente protetor.

Assim como Graham Greene, Kafka tem seu sonho de escritor. Ele o confessa numa carta a Milena onde reafirma essa vocação sempre provisória, esse ofício de escrever sempre em suspenso. "Foi um longo sonho, mas não me lembro de quase nada. Eu estava em Viena. Tudo sumiu. Mas logo chegava a Praga e tinha esquecido o endereço. Não apenas a rua; também a cidade, tudo. Só o sobrenome Schreiber (escritor) vinha à tona de algum modo, mas eu não sabia o que fazer com ele."

Por último, há uma mecânica física dos sonhos: uma sensação que se manifesta numa tensão sobre o olho esquerdo, "uma pequena chama que se acende no lado esquerdo da cabeça". O sonho se transforma e, de um mecanismo fisiológico, passa a um "mecanismo do íntimo" onde reaparece a figura da dilaceração do "delinquente" transposta ao seu próprio corpo: "sentir-me arrebatado através da janela dos baixos de uma casa por uma corda amarrada no pescoço; e, sem consideração, como que arrastado por alguém desinteressado pelo processo, ser puxado para cima ensanguentado e estraçalhado...".

Esse mecanismo do íntimo lembra o aparelho de tortura de *Na colônia penal*: "Em um lugar misterioso, empurra-se a pequena manivela, de início quase despercebida, e logo todo o maquinário põe-se em movimento. Submetido a uma vontade incompreensível, como o relógio parece submetido ao tempo, range aqui e ali, e todas as correntes começam a se mover, chiando e atritando-se, sempre mantendo o percurso previsto".

Dentro dessa maquinaria sonhante, o corpo vai assumindo diferentes posturas. Poderíamos seguir o percurso das posições durante o sonho de Kafka, e esse percurso por si só já seria uma interpretação. As posturas para dormir e acordar, o peso sobre o corpo, a percepção que se aguça no escuro, o desenho e a forma que se cria na penumbra, a figura de teatro de sombra que se transforma em alegoria.

Pode-se, enfim, classificar o mundo onírico de Kafka em quatro gêneros de relatos. Primeiro, o da insônia, situado na estreitíssima faixa do despertar e que está ligado ao ato de escrever ou deixar de escrever, até se tornar uma dor aguda que, como os fluidos mesmerianos, percorre seu corpo dos pés à cabeça e o leva até o ritual supersticioso de cruzar os braços e pôr as mãos sobre os ombros, tentando dormir como um soldado.

Depois, a sonolência que resulta da insônia e que se situa numa zona indefinida entre a conciliação do sono e o despertar. Mais tarde, o devaneio, pequenos relatos alucinados onde, no entressonho, a imagem é vista e sentida no corpo: "Desesperado. Hoje, no semissono da tarde. Esta dor acabará estourando a minha cabeça. E, exatamente, nas têmporas. Ao imaginar a cena, o que realmente vi foi um ferimento de bala, só que com o buraco aberto para fora, as bordas afiadas, como quando se explode uma lata".

Por último, o sonho é algo que ele, além de sonhar, precisa contar: a Max, a Felice, a seu chefe na repartição. Esse escritor, subjugado como nenhum outro ao ato de escrever — sempre provisoriamente, como ele declara, como se não houvesse registro nem história de sua própria escritura, com a inocência e a culpa da primeira vez —, precisa contar seus sonhos. Os sonhos de

Kafka são descritos até o detalhe mais ínfimo, sem nunca serem tocados pelo esquecimento nem pela censura. Quando começa a escrever os *Diários*, em 1910 — por exemplo, no sonho com a dançarina de czardas Eduardowa —, ele já cria verdadeiros contos.

Com o passar dos anos, os sonhos fluem como uma escritura autobiográfica, até que, por volta de 1922, vão-se apagando e se condensam, situados numa fronteira cada vez mais próxima do seu corpo. Assim, em fevereiro de 1922, quando a insônia é quase total, o sonho é algo quase escrito na carne: "perseguido pelos sonhos como se os tivessem gravado dentro de mim com arranhões numa matéria dura".

Em fins de março desse mesmo ano, o limite entre a vigília, a realidade e o sonho se esfuma, se desvanece, e é só uma dor no corpo: "À tarde sonhei com o abscesso no rosto. As fronteiras constantemente mutáveis entre a vida ordinária e o terror que se mostra mais real".

Talvez a mesma dificuldade que se tem, ao tentar classificações literárias, de separar o relato de um sonho do pouco de realidade que é a realidade.

Buenos Aires, setembro de 2002.

SOBRE A TRADUÇÃO

Ricardo F. Henrique

Em minha primeira leitura dos Sonhos *de Kafka, saltaram-me aos olhos as diferenças estilísticas entre os sonhos provenientes de sua correspondência, caracterizados pela fluência narrativa e as nuances de humor e ironia de um escritor experimentado, e os sonhos oriundos dos diários, escassos de pontuação, abundantes em repetições, frases truncadas e erros ortográficos. Faz sentido: os primeiros foram redigidos para o outro; os segundos, simplesmente anotados para si.*

Esses sonhos e fragmentos do inconsciente de quem, entre sono e vigília, conhecia uma diversidade espantosa de estados anímicos, foram rabiscados às pressas ao cabo de noites extenuantes. São exemplos perfeitos do conteúdo poético veiculado pela imagem onírica, algo que os surrealistas tentaram concretizar nas sessões de "escritura automática" e que, nos diários de Kafka (ao menos na edição coligida utilizando os manuscritos), manifesta-se de forma espontânea.

Por isso, ao traduzi-los, procurei diferenciar os textos de acordo com sua origem e evitei uma homogeneização do todo em prol do fluxo narrativo. Para manter o ritmo específico dos sonhos dos diários, e garantir-lhes sua autonomia enquanto inconsciente em estado bruto, conservei as redundâncias, a profusão de marcas de incerteza e sobretudo a pontuação agramatical que transformam os cadernos de Kafka em cavernas povoadas por ecos e sombras ora arquetípicos, ora tipicamente kafkanianos, de todo em todo fascinantes.

Berlim, maio de 2003.

SONHOS

No sonho eu pedia à bailarina Eduardowa que dançasse as czardas outra vez. Um facho de luz ou sombra atravessava-lhe o rosto da borda inferior da testa ao meio do queixo. Nesse exato instante entra alguém com os movimentos repulsivos de um intrigante sonâmbulo e lhe diz que o trem ia partir. Em seu jeito de ouvir o recado percebi horrorizado que ela não dançaria mais. "Sou uma mulher má e ruim, não é?", disse ela. "Oh não", respondi, "isso não"; e fui-me embora.

Antes eu lhe fizera perguntas sobre as flores que trazia presas na cinta. "Enviadas por todos os príncipes da Europa", respondeu. Fiquei pensando no significado dessas flores frescas na cinta da bailarina Eduardowa serem presentes de todos os príncipes da Europa.

A dançarina Eduardowa, amante da música, anda por toda parte acompanhada por dois violinistas, que volta e meia têm de tocar para ela, até no bonde. Pois não é proibido tocar boa música no bonde, o que até agrada aos passageiros e nada custa, a não ser que em seguida seja feita uma coleta. No começo, aliás, as pessoas estranhavam e até pouco tempo atrás achavam inconveniente. Mas quando o bonde corre ao vento, a toda velocidade por ruas sossegadas, é muito agradável.

De perto a dançarina Eduardowa não é tão bonita quanto no palco. A tez pálida, as faces proeminentes que esticam a pele a ponto de impedir qualquer movimento mais brusco no rosto, o nariz grande que parece sair de uma cavidade e que não admite brincadeiras — seja comentando como ele é duro na ponta, seja apertando-o de leve, puxando-o de um lado para o outro e dizendo "agora você vem comigo" —, e ainda por cima aquela silhueta ampla de cintura alta em saias pregueadas: quem gosta dessas coisas? Ela parece uma de minhas tias, uma senhora de idade; muitas tias velhas de muita gente se parecem com ela. Além de todas essas inconveniências, de perto a Eduardowa nada revela que possa causar espanto, entusiasmo ou consideração que seja, exceto os maravilhosos pés. Em diversas ocasiões pude observar como cavalheiros muito corteses e corretos tratam-na com um descaso que não conseguem disfarçar, a despeito de todo o esforço feito nesse sentido em consideração à célebre dançarina que a Eduardowa foi.

Apalpando a concha da minha orelha, senti-a fresca áspera fria suculenta como uma folha.

Com certeza escrevo isso por desespero com meu corpo e com o futuro desse meu corpo.

Diário, cerca de maio de 1909

— Ei você — disse eu dando-lhe uma joelhada de leve (e ao começar a falar tão de repente escapou-me da boca um pouco de cuspe, como um mau augúrio) — não durma.

— Não estou dormindo — respondeu sacudindo a cabeça e piscando os olhos —, se eu dormisse, como poderia vigiá-lo? E não é esse o meu dever? Não foi para isso que você não largou de mim desde que nos encontramos na igreja? É, faz tempo, deixe esse relógio no bolso.

— É muito tarde mesmo — retruquei. Não pude reprimir um sorriso e para disfarçar olhei firme para dentro da casa.

Diário, 19 de julho de 1910

Na primeira noite em Praga creio ter sonhado, a noite inteira (e em torno do sonho o sono pairava como andaimes numa nova construção parisiense), que em Paris eu tinha sido alojado num prédio muito grande, formado por fiacres, automóveis, ônibus etc., em movimento constante, passando muito rápido um pelo outro, um em cima do outro, um embaixo do outro, e só se pensava e falava em tarifas, baldeações, conexões, gorjetas, *direction* Pereire, dinheiro falsificado etc. Esse sonho tirou-me o sono, e como eu não estava muito inteirado do assunto, foi só com muito esforço que consegui suportá-lo. Por dentro lamentava que tivessem me alojado num lugar assim, eu que tanto precisava descansar da viagem, mas ao mesmo tempo um lado de mim, curvando-se tão ameaçador quanto os médicos franceses (que usam os aventais brancos abotoados até o pescoço), confessava a importância daquela noite.

Carta a Max e Otto Brod,
20 de setembro de 1910

Escrever uma autobiografia me daria grande prazer, pois seria tão fácil quanto anotar sonhos.

Diário, 17 de dezembro de 1911

Noite de insônia. A terceira em seguida. Adormeço rápido, mas acordo uma hora depois, como se tivesse enfiado a cabeça no buraco errado. Estou completamente desperto, com a sensação de não ter dormido nada ou de só ter dormido sob uma película muito fina; preciso cumprir a obrigação de voltar a dormir e parece que o sono me rejeita. E assim vai a noite inteira, até por volta das cinco; até adormeço, mas ao mesmo tempo sonhos fortes me mantêm acordado. Durmo por assim dizer fora de mim, enquanto eu mesmo preciso enfrentar os sonhos. Por volta das cinco, vai-se o último vestígio do sono e apenas sonho, o que é mais exaustivo que a vigília. Em suma, passo a noite inteira num estado que uma pessoa saudável experimenta por alguns instantes antes de simplesmente adormecer. Acordo rodeado de sonhos em que evito pensar. O amanhecer encontra-me suspirando no travesseiro; para esta noite, foram-se todas as esperanças. Lembro-me de noites em cujo fim acordava de um sono profundo como se tivesse estado preso dentro de uma casca de noz. Na noite passada foi horrível a aparição de uma criança cega que devia ser a filha de minha tia de Leitmeritz que aliás não tem filhas, só filhos, um dos quais uma vez quebrou o pé. Mas havia alguma relação entre essa criança e a filha do Dr. Marchner, que, conforme vi recentemente, está deixando de ser uma bela criança para se tornar uma menina gorda enfiada em roupas engomadas. A criança cega ou retardada estava de óculos. O olho esquerdo era redondo e protuberante, de um cinza leitoso, aparecendo por baixo da lente, que ficava bem afastada do rosto; o olho direito era retraído, tapado pela lente de vidro, que ficava bem pegada ao rosto mais rente ao olho do que a lente esquerda. Para que essa lente permanecesse na posição óptica correta, havia não uma haste comum, dessas que vão por sobre a orelha, mas uma alavanca cuja ponta tinha de ser presa no osso malar, de modo que da lente descia um bastãozinho até a bochecha, perfurando a carne e desaparecendo no osso, enquanto um outro bastãozinho de arame saía por cima e retornava por sobre a orelha. — Acho que o único motivo dessa insônia é que eu escrevo. Pois, por menos e por pior que eu escreva, essas pequenas comoções acabam me tornando suscetível, e especialmente no começo da noite e mais ainda de manhã, sinto as contrações da possibilidade imediata de estados grandiosos que me dilaceram e que me permitiriam realizar qualquer coisa; nesse alarido geral dentro de mim, que não tenho tempo para ordenar, não encontro repouso. No fundo, esse alarido nada mais é do que uma harmonia angustiada e contida que, se fosse liberada, poderia me encher por completo, mais ainda, me expandiria e continuaria me preenchendo. Mas agora, além de esperanças débeis, esse estado só me traz dissabores, pois não tenho forças suficientes para suportar essa mistura presente; de dia o mundo visível me dá apoio, mas à noite sou dilacerado sem impedimentos. Aí sempre penso em Paris durante o cerco, e mais tarde na época da Comuna, quando uma gente oriunda dos subúrbios do norte e do leste da cidade, portanto estranha aos parisienses, foi avançando em ondas até o centro da cidade e congestionando as vias de tráfego, hora após hora, meses a fio, como os ponteiros de um relógio.

Meu consolo — com o qual agora me deito —, é que há muito tempo nada escrevo, e que, portanto, a escritura não é incorporada a esse meu estado atual; mas com um pouco de virilidade hei de conseguir, ao menos provisoriamente.

Hoje estava tão fraco que contei o sonho com a criança até para o meu chefe. — Agora me lembro que os óculos do sonho eram da minha mãe, que estava sentada ao meu lado e que me olhava de um jeito não muito simpático por cima dos óculos enquanto jogava baralho. Eu não me lembrava de ter percebido que a lente direita daqueles óculos ficava mais perto do olho do que a lente esquerda.

Diário, 2 de outubro de 1911

Na mesma noite, só que num sono mais profundo. Ao adormecer, senti uma dor descendo na vertical da cabeça pelo dorso do nariz, como a dor de uma ruga bem apertada na testa. Para me sentir o mais pesado possível, o que considero um bom método para conciliar o sono, cruzei os braços e pus as mãos nos ombros, de modo que ali jazia feito um soldado com sua mochila. E outra vez foi o poder dos sonhos, que já começam a irradiar durante a vigília, que não me deixou dormir. À noite e de manhã, a consciência de minhas faculdades poéticas é completamente difusa. Sinto-me descontraído até o fundo do meu ser e posso tirar de mim o que quiser. Isso de buscar forças que acabo por não deixar atuar lembra-me de minha relação com B. Pois nela também há efusões que não são liberadas e que, rechaçadas, precisam aniquilar a si mesmas; só que neste caso — eis a diferença — trata-se de forças mais misteriosas, de meus últimos recursos.

Diário, 3 de outubro de 1911

Sonho dessa noite, que nem mesmo de manhã achei bonito com exceção de uma cena curta e cômica com duas réplicas que provocou uma tremenda satisfação onírica e que já esqueci. Estava atravessando — não sei se Max estava junto desde o começo — uma longa fileira de prédios na altura do primeiro ou segundo andar, como se passa de um vagão a outro dentro de um trem. Andava rápido, talvez porque os prédios fossem tão frágeis que era preciso se apressar. Eu nem notava as portas entre um prédio e outro, era uma longa sucessão de quartos e mesmo assim eu percebia a diferença entre cada apartamento e até entre cada prédio. Talvez os aposentos que atravessava fossem todos dormitórios. Lembro-me de uma cama bem típica à minha esquerda, junto a uma parede que era inclinada e escura ou suja como uma parede de sótão, sobre a qual havia uma pequena pilha de roupas de cama, com uma colcha que não era mais do que um lençol grosseiro amarrotado pelos pés de quem ali dormia e que terminava em bico. Eu tinha vergonha de atravessar os quartos com tanta gente nas camas e por isso andava rápido e nas pontas dos pés, esperando deixar claro que passava ali por obrigação, fazendo o possível para não incomodar os outros; pisando de leve, passando praticamente despercebido. Por isso, enquanto estava dentro de um quarto nunca virava a cabeça, mas fixava o olhar para a rua, à direita, ou para a parede do fundo, à esquerda. Havia vários bordéis intercalados na fileira de apartamentos, e eu os atravessava ainda mais rápido, embora aparentemente fossem o motivo de minha visita àquele lugar, mas eu nada fazia além de notar sua presença. Só que o último quarto de todos era mais um bordel e ali fiquei. A parede diante da porta por onde entrei, portanto a última parede da fileira de prédios, ou era de vidro ou estava arrebentada e, se eu continuasse andando, cairia. É mais provável que estivesse arrebentada pois em volta do buraco no chão jaziam meretrizes, duas eu vi bem, a cabeça de uma delas pendia no ar na beira do buraco. A parede da esquerda era sólida, mas a parede à direita não estava inteira, dava para ver o pátio lá embaixo mas não até o chão. Uma escada de vários lances, cinzenta e bamba, levava até o solo. A julgar pela luz, o teto era igual aos outros quartos. Eu estava ocupado com a meretriz de cabeça caída e Max com a outra, à esquerda da primeira. Eu lhe apalpava as pernas, concentrando-me em apertar-lhe as coxas a intervalos regulares. Isso me dava tanto prazer que me espantou ainda não precisar pagar por essa distração, justamente a melhor. Estava convicto de que eu e somente eu enganava o mundo. Então a meretriz ergueu o corpo mantendo as pernas esticadas e deu-me as costas, que para meu horror estavam cobertas de grandes círculos vermelho-lacre de bordas pálidas e entremeados de respingos vermelhos. Só então percebi que seu corpo inteiro estava assim manchado, e que ao apertar-lhe as coxas tinha pressionado os polegares sobre essas manchas e coberto os dedos de partículas vermelhas como restos de um lacre rompido. Recuei para o meio de um grupo de homens que pareciam à espera junto à parede da qual desembocava a escada, onde havia um certo movimento. Eles esperavam como camponeses se reúnem no mercado nas manhãs de domingo. E por isso também era domingo. Foi aí que aconteceu aquela cena cômica, na qual um homem, que por algum motivo amedrontava a mim e a Max, afastou-se, veio pela escada, aproximou-se de mim e, enquanto eu e Max temíamos dele uma ameaça terrível, fez-me uma pergunta ridiculamente tola. E ali fiquei parado olhando preocupado como Max à minha esquerda não tinha medo nenhum e sentava-se no chão daquele lugar e tomava uma espessa sopa de batatas, da qual as batatas sobressaíam como grandes esferas, uma em especial. Ele a afundava na sopa com a colher, talvez com duas colheres, ou talvez só a estivesse remexendo.

Diário, 9 de outubro de 1911

Hoje sonhei com um jumento semelhante a um galgo, de movimentos muito comedidos. Observei-o com atenção por estar consciente de que era uma aparição insólita, mas só me lembro de que não gostei de seus pezinhos de gente, longos e homogêneos. Ofereci-lhe ramos frescos de cipreste verde-escuro que eu acabara de receber de uma velha senhora de Zurique (tudo se passava em Zurique). Primeiro ele só deu uma cheiradela e rejeitou, mas quando pus os ramos em cima da mesa, ele os devorou tão completamente que só restou um caroço quase irreconhecível, parecido com uma castanha. Depois o assunto era que o tal jumento nunca tinha andado nas quatro patas, mas sempre mantivera uma postura humana, empinando a barriguinha e o peito de brilho prateado. Mas no fundo isso não era certo.

Além disso sonhei com um inglês que conheci em Zurique numa assembleia como as do Exército da Salvação. Havia bancos escolares com um compartimento aberto sob o tampo; ao enfiar a mão ali para arrumar algo, espantei-me com a facilidade de fazer amigos viajando. Acho que estava pensando no inglês que veio a mim logo depois. Ele vestia roupas claras e largas e em ótimo estado, só que entre o ombro e o cotovelo as mangas não eram do mesmo tecido da roupa, ou pelo menos eram recobertas por um pano cinzento, enrugado, meio solto, rasgado em tiras, pontuado como que por aranhas, lembrando os remendos de couro de calças de equitação ou das mangas postiças usadas por costureiras, balconistas, amanuenses. Seu rosto também estava coberto por um pano cinzento, com recortes muito jeitosos para a boca e os olhos, provavelmente também para o nariz. Só que este outro pano era novo, felpudo, mais parecido com flanela, muito macio e maleável, de excelente fabricação inglesa. Gostei tanto disso tudo que estava ansioso para conhecer o homem. Ele queria me convidar para visitar sua casa, mas como eu partiria dois dias depois, não daria certo. Antes de sair da assembleia ele vestiu ainda mais roupas, que pareciam muito práticas, mas que lhe deram um aspecto muito discreto depois que fechou todos os botões. Não podendo me convidar para visitar sua casa, insistiu em que eu o acompanhasse à rua. Segui-o; lá fora paramos diante do local da assembleia na beira da calçada, eu embaixo e ele em cima, e após uma conversa rápida percebemos que o convite realmente não daria certo. Então sonhei que eu, Max e Otto tínhamos o hábito de só arrumar as malas ao chegar à estação e assim atravessávamos o saguão central carregando as camisas, por exemplo, até a bagagem que estava bem longe. Embora parecesse ser um hábito comum, conosco não dava muito certo, sobretudo porque só começávamos a fazer as malas um pouco antes de o trem entrar na estação. E aí naturalmente já estávamos aflitos e mal tínhamos esperança de alcançar o trem, muito menos de conseguir bons lugares.

Diário, 29 de outubro de 1911

Se vejo uma salsicha anunciada numa tabuleta como uma salsicha caseira velha e dura, imagino que a estou mordendo com todos os dentes e engolindo bem rápido, sem pensar, com dentadas regulares como uma máquina. O desespero que é a consequência imediata desse ato imaginário aumenta minha pressa. Entucho longas crostas de carne de lombo pela boca e as retiro por trás rasgando estômago e intestino. Devoro tudo o que encontro em vendas imundas. Empanturro-me de arenque, pepino e toda sorte de comida picante velha e ruim. Latas de balas inteiras são esvaziadas dentro de mim como chuva de granizo. Nisso desfruto não só do bom estado de minha saúde, mas também de um sofrimento que é indolor e que pode passar rápido.

Diário, 30 de outubro de 1911

Sonho anteontem. Tudo era teatro; primeiro eu estava em cima na galeria, depois embaixo no palco; na peça trabalhava uma moça de quem gostei muito há alguns meses, eu a via esticando o corpo flexível ao apoiar-se aterrorizada no encosto de uma poltrona; ela representava um papel masculino e da galeria eu a mostrava para meu acompanhante, a quem ela não agradou. Num determinado ato o cenário era tão grande que não dava para ver mais nada, nem o palco, nem a plateia, nem o escuro, nem as luzes da ribalta; em contrapartida, o público inteiro estava amontoado no cenário, que representava a cidade velha, vista provavelmente a partir da esquina da Niklasstrasse. Dessa posição não dava para ver a praça do relógio da prefeitura e o Kleiner Ring, que no entanto aparecia, como se visto a partir do palácio Kinsky, quando o palco girava devagar e levemente inclinado. Parece que esse movimento só servia para mostrar o cenário inteiro, que era tão perfeito que seria de chorar não poder vê-lo por inteiro, pois, como eu bem sabia, era o mais belo cenário do mundo e de todos os tempos. A iluminação era caracterizada por sombrias nuvens outonais. A luz esparsa do sol refletia-se difusamente numa ou noutra janela pintada no lado sudeste da praça. Como tudo fora construído em tamanho natural e com toda a precisão até nos menores detalhes, era comovente a impressão causada por algumas dessas janelas movidas pela brisa suave, sem ruído nenhum devido à grande altura dos prédios. A praça era bem inclinada, o pavimento quase preto, a igreja Teyn estava em seu lugar, mas à sua frente erguia-se um pequeno castelo imperial em cujo pátio estavam dispostos, em perfeita ordem, todos os monumentos que costumam ficar na praça: a coluna de Maria, o velho chafariz da prefeitura, que não cheguei a conhecer, a fonte na frente da igreja Niklas, o tapume erguido há pouco em torno das escavações para o monumento a Hus. Eram representadas — se na plateia é comum esquecer que se trata de mera representação, quanto mais no palco e com um cenário assim — uma festa imperial e uma revolução. A revolução era tão grandiosa, com multidões imensas subindo e descendo a praça, como provavelmente jamais se viu em Praga, e aliás tudo parecia ter sido transferido para cá só por causa da decoração, pois na verdade era uma cena parisiense. Da janela primeiro nada se via; de todo modo, a corte partira para uma festa; entrementes rebentara a revolução e o povo penetrara no castelo, eu mesmo fugi passando por cima do chafariz no pátio; parecia impossível que a corte conseguisse retornar ao castelo. Aí as carruagens dos cortesãos vieram pela Eisengasse em corrida tão vertiginosa que tiveram de frear bem antes do portão do castelo, e mesmo com as rodas travadas seguiram derrapando pelo pavimento. Eram carruagens como as que servem de palanque para a representação de cenas vivas em procissões ou festas populares, e que portanto eram planas, envoltas por guirlandas de flores e panos coloridos ocultando as rodas e toda a parte inferior. Isso aumentava a impressão de terror já causada por toda aquela pressa. Os cavalos pareciam inconscientes e vinham arrastando as carruagens em círculo desde a Eisengasse até o portão do castelo, onde estancavam empinando-se. Aí passava por mim uma massa de gente a caminho da praça, a maioria era espectadores que eu já tinha visto na rua e que talvez estivessem acabando de chegar. Entre eles estava uma moça conhecida, não sei quem; vinha acompanhada por um rapaz elegante vestindo um capote xadrez amarelo e marrom, a mão direita enfiada bem fundo no bolso. Iam em direção à Niklasstrasse. Depois disso não vi mais nada.

Diário, 9 de novembro de 1911

Hoje à tarde antes de dormir — mas nem cheguei a adormecer — jazia sobre meu tronco uma mulher de cera, o rosto sobre o meu, virado para cima, o antebraço esquerdo apertando-me o peito.

Diário, 16 de novembro de 1911

Sonho: no teatro. Representação da peça *O descampado*, de Schnitzler, na versão de Utitz. Estou sentado num banco bem na frente, acho que na primeira fileira, mas depois fica claro ser a segunda. O encosto do banco está virado para o palco, permitindo ver a plateia confortavelmente, mas para ver o palco é preciso se virar. O autor está por perto, não consigo calar minha opinião negativa sobre a peça, a qual aparentemente já conhecia, mas acrescento que o terceiro ato deve ser engraçado. Com esse "deve ser" quero dizer que, embora esteja discutindo as partes boas da peça, não a conheço por inteiro e preciso me fiar no que ouvi dizer; por isso repito o comentário e não só para mim, mas os outros nem mesmo prestam atenção. À minha volta há um grande tumulto, aparentemente todos vieram em roupas de inverno e assim não cabem nos lugares. Ao meu lado e atrás de mim há pessoas que não vejo mas falam comigo, apontando os recém-chegados e dizendo seus nomes; há um casal esgueirando-se entre as fileiras e dando muito na vista porque o rosto da mulher é amarelo-escuro, másculo e de nariz comprido, e ainda por cima ela veste roupas de homem, ao menos é o que se conclui vendo sua cabeça erguida por cima do tumulto; ao meu lado está o ator Löwy, incrivelmente descontraído mas muito diferente do verdadeiro, e faz discursos inflamados nos quais repete várias vezes a palavra "*principium*", e eu fico o tempo todo esperando por "*tertium comparationis*", que não vem. Num camarote do segundo balcão, melhor dizendo, no canto da galeria, à direita visto do palco, que neste ponto se encontra com os camarotes, está um certo terceiro filho da família Kisch postado atrás da mãe, sentada; ele discursa em direção à plateia e veste uma bela casaca imperial com as abas estendidas. O discurso do Löwy tem alguma relação com o seu. Entre outras coisas, Löwy aponta para um local bem no alto da cortina e diz que ali está sentado o alemão Kisch, referindo-se ao meu colega de escola que estudou letras germânicas. Quando a cortina sobe, e o teatro começa a escurecer, para salientar que o Kisch ia desaparecer de qualquer modo, ele e a mãe se retiram da galeria, as abas e as mangas da casaca ainda bem estendidas. O palco fica um pouco abaixo do nível da plateia, olha-se para baixo, com o queixo no encosto da poltrona. O cenário é composto essencialmente por duas colunas grossas e baixas no centro do palco. É representado um banquete, no qual tomam parte moças e rapazes. Enxergo mal, pois embora muitas pessoas da primeira fila tenham saído no começo do espetáculo, aparentemente indo para trás do palco, as moças que ali ficaram obstruíam a visão ao longo de toda a fileira, movendo de um lado para o outro seus chapéus grandes e chatos, quase todos azuis. Mas consigo ver muito bem um menino entre dez e quinze anos.

Seu cabelo é seco, cortado reto, penteado de lado. Apesar de representar um *bon vivant*, nem sabe como esticar o guardanapo corretamente no colo, precisa olhar para baixo com muita concentração. Depois disso perdi toda a confiança naquele teatro. Aí o grupo no palco fica à espera da chegada de diversos outros espectadores que descem das primeiras fileiras da plateia. Mas a peça não fora bem ensaiada e, na chegada da atriz chamada Hackelberg, um ator reclinado em uma poltrona dirige-se a ela num tom mundano e começa a dizer "Hackel-", mas percebe o erro e emenda. Aí chega uma moça que eu conheço (acho que o nome dela é Frankel), sobe no encosto bem da minha poltrona e conforme sobe, revela as costas inteiramente nuas, a pele não muito limpa com arranhões e uma equimose do tamanho de uma maçaneta acima do quadril direito. Mas quando sobe no palco e vira o rosto puro para a plateia, trabalha muito bem. Depois um cavaleiro deve chegar cantando, vindo a galope de muito longe, um piano imita o bater dos cascos, ouve-se uma canção apaixonada se aproximando, até que também vejo o cantor, que vem da galeria até o palco numa corrida desabalada, para dar à canção uma impressão de proximidade crescente. Antes de chegar ao palco e antes mesmo de acabar de cantar já tinha dado o máximo de si no canto clamoroso e na encenação da pressa, e também o piano já não tinha mais como imitar direito o bater dos cascos contra as pedras. Por isso ambos desistem, e o cantor chega cantando em voz baixa, só que para não ser visto por inteiro ele se abaixa tanto que só sua cabeça aparece acima do parapeito da galeria. Assim acaba o primeiro ato, mas a cortina não desce e o teatro permanece escuro. Dois críticos sentam-se no chão do palco e escrevem encostados numa peça do cenário. Um diretor ou dramaturgo de barbicha loura dá um salto até o palco e ainda no ar estica um braço dando uma instrução, enquanto com a outra mão segura um cacho de uvas, provinda de uma fruteira da cena do banquete, e come uvas. Torno a virar para a plateia e vejo que está iluminada por simples lampiões de querosene encaixados em postes comuns, como nas ruas, e que a essa altura naturalmente já emitem uma luz bem fraca. De repente, devido a impurezas no querosene ou a um ponto defeituoso na mecha, a luz salta de um desses lampiões e lança longos jatos de faíscas sobre os espectadores, que formam uma massa indistinta e preta como terra. Aí um homem sai do meio dessa massa e por assim dizer caminha até o poste, parece que vai tentar consertá-lo, mas só ergue os olhos para o lampião, fica ali parado um instante e, como nada acontece, volta tranquilamente para sua poltrona, onde se afunda (eu me confundo com ele e inclino o rosto para a escuridão).

Diário, 19 de novembro de 1911

Sonho com um quadro, supostamente de Ingres. "As meninas no bosque em mil espelhos", ou melhor: "As virgens etc". Em trajes leves e agrupadas como na ilustração de cortinas de teatro neste quadro à direita há um grupo compacto e mais para a esquerda há outras reclinadas num imenso galho de árvore ou numa espécie de fita de pano ou simplesmente flutuando por força própria numa corrente que sobe devagar em direção ao céu. Refletidas, embaçadas, multiplicadas tanto para trás, quanto para a frente, na direção dos espectadores; o que a vista perdia em detalhe ganhava em abundância. Mas na frente havia uma moça nua incólume aos reflexos apoiada numa perna só e empinando um quadril. Aqui a técnica de Ingres era admirável, só que para meu prazer identifiquei na figura um excesso de nudez real, até mesmo para o sentido do tato. De um ponto oculto atrás dela brilhava uma pálida luz amarelada.

Diário, 20 de novembro de 1911

Por cansaço nada escrevi e fiquei deitado no sofá ora no quarto frio ora no quarto aquecido com dores nas pernas e sonhos repugnantes. Havia um cachorro deitado sobre meu corpo, uma pata junto ao meu rosto; ele me acorda e por alguns instantes tenho medo de abrir os olhos e dar com ele.

Diário, 13 de dezembro de 1911

Ontem antes de adormecer imaginei um grupo de pessoas desenhado no ar formando um tipo de montanha, cuja disposição gráfica me pareceu uma grande novidade que, uma vez inventada, seria de fácil execução. O grupo estava em torno de uma mesa, o plano do chão corria um pouco mais além do que o círculo de pessoas, mas de todas elas só me prendeu o olhar um rapaz em roupas antigas. Apoiava o braço esquerdo na mesa e com a outra mão segurava o rosto risonho, virado para alguém que se inclinava em sua direção, como se estivesse preocupado ou fazendo uma pergunta. Seu corpo, especialmente a perna esquerda, estava esticado com uma certa displicência juvenil, parecia mais reclinado do que realmente sentado. Os dois pares de linhas cruzadas que formavam as pernas eram bem definidos e se uniam com muita suavidade ao delineamento do resto do corpo. As roupas de cores pálidas arqueavam-se entre essas linhas com uma corporalidade exangue. Perplexo com esse belo desenho que criava em minha mente uma tensão que me parecia homogênea e duradoura e que, se eu quisesse, poderia guiar o lápis em minha mão, forcei-me a abandonar o estado letárgico para melhor refletir sobre o desenho. Mas logo percebi que só tinha imaginado um pequeno grupo de porcelana branco-acinzentada.

Diário, 16 de dezembro de 1911

Sonho há pouco: com meu pai andando de bonde em Berlim. A atmosfera metropolitana era dada por inúmeras cancelas distribuídas a intervalos regulares, pintadas em duas cores e com as extremidades rombudas e polidas. De resto tudo era vazio, mas a quantidade dessas cancelas era enorme. Chegamos a um portão, descemos do bonde sem perceber, atravessamos o portão. Atrás dele começava uma parede muito íngreme que meu pai foi escalando quase dançando, com tanta leveza que balançava as pernas no ar. Sem dúvida era uma certa desconsideração o fato de ele não me ajudar, pois eu me esforçava muito para subir, ia de quatro e escorregava várias vezes, como se a parede se tornasse ainda mais íngreme sob meu corpo. Também era muito desagradável o fato de a parede estar coberta de excremento humano que ia grudando em mim, aos flocos, sobretudo no peito. Abaixando o rosto eu percebia a sujeira e tentava limpar com a mão. Quando finalmente cheguei no alto, meu pai, vindo do interior do edifício, abraçou-me e cobriu-me de beijos. Ele vestia uma farda imperial da qual eu bem me lembrava, curta, fora de moda, estofada por dentro como um sofá. "Esse Dr. von Leyden! É um homem extraordinário!", exclamava sem cessar. Mas ele não tinha visitado o homem como médico, mas como alguém que vale a pena conhecer. Eu tinha um certo receio de que me obrigassem a também ir até ele, mas não foi o caso. À esquerda atrás de mim vi um homem sentado de costas num aposento que era todo de vidro. Ficou claro que era o secretário do professor e que meu pai na realidade só falara com ele, e não com o professor em pessoa, mas que mesmo assim tinha reconhecido os méritos do professor através do secretário, de modo que realmente podia julgar o professor como se tivesse falado pessoalmente com ele.

Diário, 6 de maio de 1912

Sonhei que ouvia Goethe declamando, com liberdade e arbítrio infinitos.

Diário de viagem, 10 de julho de 1912

Um sonho: o grupo de ginástica ao ar livre desagregava-se por meio de uma pancadaria. Primeiro o grupo foi dividido em dois e se divertiu bastante, depois alguém saiu de um grupo e gritou para o outro grupo: "Lustron e Castron!". E os outros: "Como? Lustron e Castron?". O homem: "É isso mesmo". Aí começou a pancadaria.

Diário de viagem, 15 de julho de 1912

Mas esse despertar não me incomoda mais do que os meus sonhos, agora furiosamente nítidos. (Ontem, por exemplo, tive uma conversa alucinada com Paul Ernst, era uma lambada atrás da outra, ele parecia o pai do Felix. A partir de amanhã vai escrever dois contos por dia.)

Carta a Max Brod,
provavelmente 16 de novembro de 1912

Quando estava deitado hoje à tarde, alguém rapidamente virou uma chave na fechadura e por um instante senti fechaduras no corpo inteiro, como se estivesse vestido para um baile a fantasia; o tempo todo abriam ou fechavam uma fechadura, ora aqui, ora ali.

Diário, 30 de agosto de 1912

Anteontem à noite com Utitz.

Um sonho: eu estava num molhe formado por paralelepípedos, bem avançado mar adentro. Tinha alguém comigo, ou várias pessoas, mas a consciência que eu tinha de mim mesmo era tão forte que eu mal notava a presença dos outros, só falava com eles. Lembro-me apenas de que alguém sentado ao meu lado erguia o joelho. Primeiro eu não sabia bem onde estava, só quando por acaso me levantei é que vi, à esquerda na minha frente e à direita atrás de mim, o mar vasto e claramente delineado, com uma fileira de navios de guerra solidamente ancorados. À direita via-se Nova York, estávamos no porto de Nova York. O céu estava cinza mas de uma claridade homogênea. O meu lugar era inteiramente exposto ao vento e eu podia ver tudo virando-me para todos os lados. Para o lado de Nova York a vista era um pouco descendente, e para o lado do mar, ascendente. Aí percebi que à nossa volta se formavam grandes ondas, onde havia um tremendo tráfego internacional. Lembro-me apenas de que, em vez de nossa jangada, tinham amarrado troncos muito grossos, formando um enorme feixe cujas extremidades subiam e desciam navegando entre as ondas, às vezes chegando a expor a superfície de corte, dependendo da altura das ondas, e que também rolava na água em sentido longitudinal. Sentei-me, encolhi as pernas e estremeci de prazer; de tanto bem-estar, por assim dizer, afundei-me no chão, e disse: "Isso é ainda mais interessante do que o movimento nos bulevares parisienses".

Diário, 11 de setembro de 1912

Anteontem à noite sonhei com você pela segunda vez. O carteiro chegava com duas cartas suas, registradas, e me entregava uma em cada mão, movendo os braços com uma precisão magnífica, como êmbolos de uma máquina a vapor. Deus, eram cartas mágicas. Por mais páginas que eu tirasse dos envelopes, eles nunca se esvaziavam. Eu estava no meio de uma escada e, não me leve a mal, precisei espalhar as páginas lidas pelos degraus para poder continuar tirando as outras dos envelopes. A escada estava coberta de alto a baixo por uma espessa camada de cartas lidas, o papel elástico rumorejava com imponência.

Carta a Felice Bauer,
17 de novembro de 1912

Minha cara, acho que sonhei com você a noite inteira, mas só me lembro de dois sonhos. Ao despertar fiz o maior esforço para esquecê-los, mas a resistência foi grande, pois neles havia verdades terríveis e incômodas, de uma evidência que jamais poderia aflorar na lassidão da luz do dia. Vou contá-los rápida e superficialmente, embora sejam muito imbricados e cheio de detalhes que ainda agora me intimidam. O primeiro decorre de seu comentário de que vocês podem telegrafar diretamente do escritório. Assim, eu também podia telegrafar diretamente do meu quarto; o aparelho até estava ao lado da cama, igual quando você puxa a mesinha para junto dela. Era um aparelho especialmente espinhoso e eu tinha um certo medo de telegrafar, assim como tenho medo de telefonar. Mas precisava telegrafar-lhe por estar exageradamente preocupado com você e tomado por um desejo violento de ter notícias suas imediatamente, o que acabou por me arrancar da cama. Felizmente minha irmã caçula de repente estava lá e começou a telegrafar para mim. A preocupação com você me torna inventivo, pena que só em sonho. O aparelho era construído de tal modo que bastava apertar um botão e imediatamente a resposta vinha de Berlim e aparecia nas fitas de papel. Lembro-me de como, paralisado de expectativa, vi a primeira fita saindo vazia, embora não pudesse ser diferente, pois não havia como chegar resposta sua enquanto não a chamassem até o aparelho em Berlim. E que alegria quando os primeiros caracteres apareceram na fita; de tanta alegria, eu deveria ter caído da cama, se bem me lembro. Em seguida chegou uma carta de verdade, que pude ler com toda a exatidão; se quisesse, até me lembraria da maior parte dela. Mas basta dizer que na carta você me repreendia por meu desassossego, mas num tom afetuoso que me fez muito bem. Chamava-me de "insaciável" e enumerava as cartas e os postais que eu recebi nos últimos tempos ou que ainda estavam a caminho.

No segundo sonho você era cega. Um instituto berlinense para cegos tinha organizado uma excursão para o vilarejo onde eu passava o verão com minha mãe. Morávamos numa casinha de madeira, lembro-me bem da janela. Essa casinha ficava no meio de uma grande fazenda situada numa encosta. À esquerda havia uma varanda envidraçada, onde a maioria das meninas cegas estava alojada. Eu sabia que você se encontrava entre elas, e minha cabeça estava cheia de planos obscuros para encontrá-la e falar com você. Toda hora eu saía da casinha, atravessando a tábua colocada à porta sobre o solo lamacento, e toda vez voltava indeciso e sem tê-la visto. Minha mãe também ficava andando à toa; ela usava um vestido muito amplo, uma espécie de hábito de freira, e mantinha os braços no peito, embora não exatamente cruzados. Insistia que as meninas cegas lhe prestassem serviços, dando preferência a uma de vestido preto e rosto redondo, com uma das faces tão sulcadas por cicatrizes que parecia ter sido inteiramente dilacerada. A mãe elogiava a eficiência e a solicitude da moça e eu concordava com um movimento de cabeça, pois também a observava, embora meu único pensamento fosse que ela era sua colega e deveria saber de seu paradeiro. De repente toda essa tranquilidade relativa chegou ao fim, deve ter soado o sinal para a partida; de qualquer modo, o grupo ia seguir viagem. Eu também tomei uma decisão e saí correndo encosta abaixo por uma portinha no muro, pois me parecia que a partida seria naquela direção. Ao chegar embaixo, dei com uma fila de meninos cegos acompanhados pelo professor. Segui-os para todos os lados, pensando que logo o grupo inteiro estaria reunido e seria fácil encontrá-la e falar com você. Decerto fiquei ali por tempo demais, esquecendo de me informar sobre a organização da partida e perdendo tempo em observar como, sobre um pedestal de pedra, trocavam as fraldas de um bebê cego — no instituto havia representantes de todas as idades. Por fim aquele silêncio geral me pareceu suspeito, e perguntei ao professor por que o resto do instituto não chegava. Para meu espanto ele respondeu que aqui era a partida só dos meninos, enquanto todos os outros já estavam indo embora pela outra saída, no alto do morro. Para me consolar, ele ainda disse — na verdade veio gritando atrás de mim, pois eu já tinha saído correndo feito um louco — que sem dúvida eu chegaria a tempo, pois naturalmente demoraria até que todas as cegas fossem reunidas. Aí subi correndo a trilha íngreme e completamente ensolarada ao longo de um muro nu. De repente tinha nas mãos um imenso código civil austríaco, uma carga muito pesada, mas que de alguma forma me ajudaria a encontrá-la e falar com você corretamente. No caminho, todavia, ocorreu-me que você era cega, e que por isso minha aparência e meu comportamento felizmente não influenciariam a impressão que eu causaria em você. Pensando nisso, quis jogar o código civil fora, pois era um peso supérfluo. Por fim cheguei ao cume, e de fato ainda havia tempo de sobra, o primeiro par ainda nem tinha atravessado o portal de entrada. Então fiquei atento e em mente vi você saindo da multidão de meninas, de pálpebras baixadas, rígida e calada.

Aí acordei todo acalorado e desesperado por você estar tão longe de mim.

Carta a Felice Bauer,
7/8 de dezembro de 1912

Quer mesmo que eu lhe conte o sonho velho? Mas por que exatamente o velho, já que eu sonho com você quase toda noite? Imagine que na noite passada comemorei nosso noivado. Parecia terrível, terrivelmente improvável, e quase não sei mais como foi. O grupo todo estava reunido numa sala semi-escura em torno de uma longa mesa de madeira, de tampo preto e sem toalha. Eu estava sentado na cabeceira, entre desconhecidos. Você estava em pé, bem distante de mim, mais para a outra ponta, na minha transversal. Meu desejo por você era tamanho que eu apoiava a cabeça na mesa e a ficava olhando de baixo. Seus olhos estavam fitos em mim e eram escuros, mas bem no centro de cada um havia um ponto reluzindo como fogo e ouro. Aí o sonho se dissipou; atrás dos convidados percebi como a criada que deveria servir uma sopa espessa de uma panelinha marrom experimentava o caldo e voltava a colocar a colher na panela. Fiquei irado; arrastei a moça até a enorme gerência do hotel — nesse momento ficou claro que tudo se passava em um hotel, onde a moça trabalhava — e dei queixa de seu comportamento às pessoas responsáveis, aliás sem muito êxito. Aí o sonho continuou em viagens infindáveis numa pressa desmedida. O que diz? Na realidade lembro-me melhor do sonho velho, mas já é tarde para contá-lo.

Carta a Felice Bauer,
3/4 de janeiro de 1913

É muito tarde, minha cara, e ainda assim vou dormir, sem merecer. Bem, dormir mesmo não vou, mas apenas sonhar. Como ontem, por exemplo, quando no sonho eu andava até uma ponte ou um cais em cuja amurada por acaso havia dois telefones; eu levava os fones ao ouvido e ficava pedindo notícias dos "confins do mar", mas do telefone só vinha o bramir do oceano e um cântico sem palavras, triste, impressionante. Mesmo depois de perceber que nenhuma voz humana conseguiria sobrepor-se a tais ruídos, não desisti e ali fiquei.

Carta a Felice Bauer,
22/23 de janeiro de 1913

Bastou você descrever nosso encontro em Berlim e já sonhei com ele. Havia muitos pormenores, mas não me lembro de nada muito nítido, só restou uma sensação geral de luto e felicidade. Também passeávamos na rua, num lugar que tinha uma semelhança impressionante com a cidade velha em Praga, era depois das seis da tarde (talvez fosse a hora real do sonho); andávamos não de braços dados, mas bem mais junto do que estaríamos se estivéssemos de braços dados. Meu Deus, como é difícil descrever o modo que arranjei para andar com você não de braços dados, sem chamar a atenção e mesmo assim bem juntinho de você. Naquela vez em que atravessamos o Graben eu poderia ter lhe mostrado, mas na época nem pensamos nisso, você entrou apressada no hotel, e eu tropecei na beira da calçada dois passos atrás. E agora, como vou descrever como andávamos no sonho? Em geral, ao andar de braços dados, os braços só se tocam em dois pontos, e cada braço mantém sua autonomia; mas nesse outro jeito nossos ombros se tocavam, e nossos braços ficavam inteiramente pegados um ao outro, de alto a baixo. Mas espere, vou desenhar. De braços dados é assim: 💃. Mas nós andávamos assim: 🗝.

Carta a Felice Bauer,
11/12 de fevereiro de 1913

A janela estava aberta, em meus pensamentos desconexos eu me jogava da janela de quinze em quinze minutos, continuamente, aí vinha um trem, os vagões iam passando sobre meu corpo estirado nos trilhos, aprofundando e alargando os dois cortes, no pescoço e nas pernas.

Carta a Felice Bauer,
28 de março de 1913

Na penúltima ou antepenúltima noite sonhei com dentes sem parar: não com dentes alinhados na dentadura, mas formando uma massa, é isso, dentes encaixados como em brinquedos para criança montar, e que eram guiados por meus maxilares num movimento corrediço. Eu juntava todas minhas forças para expressar algo que considerava muito importante; o movimento desses dentes, as lacunas entre eles, seu rangido, a sensação de guiá-los, tudo tinha uma relação específica com um pensamento, uma decisão, uma esperança, uma contingência, que eu tentava captar, reter, concretizar por meio dessas mordidas contínuas. Eu fazia tanto esforço; às vezes parecia que dava certo, às vezes parecia que eu tinha conseguido. De manhã, ao entreabrir os olhos, definitivamente desperto, achei que tinha dado certo, o trabalho da longa noite não tinha sido em vão, o encaixe definitivo e inalterável dos dentes tinha um significado indubitavelmente portador de sorte, e parecia-me inconcebível não tê-lo percebido durante a noite, que passei desanimado, chegando a acreditar que sonhos demasiado nítidos perturbam o sono. Mas aí acordei definitivamente.

Carta a Felice Bauer,
4/5 de abril de 1913

Recentemente tive um sonho bem confuso com você, Max e esposa. Estávamos em Berlim e deparávamos com todos os lagos do Grunewald, que na realidade você não pôde me mostrar, enfileirados um atrás do outro bem no meio da cidade. Talvez eu tenha descoberto isso sozinho, acho que queria vê-la e me perdia quase que intencionalmente. Em um cais via estranhíssimas figuras cinzentas, escuras, embaçadas, aí pedia uma informação a um transeunte que me dizia que aqueles eram os lagos do Grunewald e que eu estava no centro da cidade, mas bem longe de sua casa. Depois estávamos no Wannsee, do qual você não gosta (durante o sonho inteiro este seu comentário real me soava nos ouvidos), atravessávamos um portão gradeado como num parque ou cemitério e passávamos por uma série de coisas que agora já é tarde para contar. E de qualquer modo, precisaria cavar bem fundo em mim para me lembrar de tudo.

Carta a Felice Bauer,
11 de abril de 1913

A imagem contínua de uma fatiadora muito larga que vai me cortando em alta velocidade e com regularidade mecânica em fatias muito fininhas que saem voando quase enroladas por causa da rapidez do trabalho.

Diário, 4 de maio de 1913

Não consigo dormir. Só sonhos, nada de sono. No sonho desta noite inventei um novo meio de transporte para parques íngremes. Pega-se um galho de árvore, que não precisa ser muito forte, e finca-se uma ponta no chão, inclinada. Mantém-se a outra ponta na mão e senta-se sobre o galho o mais levemente possível, como numa sela para mulheres, e o galho inteiro desliza encosta abaixo a toda velocidade; quem está sentado sobre o galho desce balançando suavemente na madeira elástica. Também é possível utilizar o galho para subir encostas. Além da simplicidade, a outra vantagem do dispositivo é que o galho delgado e flexível pode subir e descer para qualquer lado conforme as circunstâncias, passando por lugares que um homem sozinho só atravessaria com muita dificuldade.

Laçado pelo pescoço através da janela do andar térreo de um prédio e puxado para cima sem o menor cuidado, como se por alguém que não dá atenção ao que está fazendo, atravessando o teto de todos os andares, os móveis, as paredes, o sótão, sangrando e esfarrapado, até aparecer em cima do telhado o laço vazio, pois meus restos caíram ao atravessar as telhas.

Método especial de pensamento. Impregnado de sentimentos. A sensação de que tudo é pensamento, mesmo o que há de mais impreciso (Dostoiévski).

Essa roldana nas entranhas. Em algum ponto obscuro um gancho avança, num primeiro momento nada se percebe e de repente o aparelho todo já está em movimento. Submetido a uma força inconcebível, assim como o relógio parece submetido ao tempo. Há rangidos aqui e ali e todas as correntes descem chacoalhando por seu trajeto predeterminado.

Diário, 21 de julho de 1913

No meio da noite, em meu desamparo fui acometido por um verdadeiro acesso de loucura, não conseguia mais dominar as alucinações e tudo se fragmentava, até que no meio do maior apuro veio em meu amparo a imagem de um chapéu preto de general napoleônico sendo enfiado sobre minha consciência e a refreando com toda a força. Com isso meu coração disparou que foi uma beleza e afastei o cobertor, embora a janela estivesse escancarada, e a noite, bastante fria.

Carta a Felice Bauer,
6 de agosto de 1913

Desesperado. Hoje à tarde meio dormindo: esse sofrimento vai acabar explodindo minha cabeça. Bem nas têmporas. Ao imaginar isso, o que de fato vi foi uma ferida de bala, só que as bordas do rombo estavam abertas para fora e tinham as pontas afiadas como uma lata aberta com violência.

Diário, 15 de outubro de 1913

Ergui-me do sofá, onde estivera deitado com os joelhos encolhidos, e sentei direito. Abriu-se a porta, que dava da escada direto no meu quarto, e entrou um rapaz cabisbaixo e de olhar inquisitivo. Ele contornou o sofá, dentro do possível num quarto tão estreito, e parou no canto perto da janela, no escuro. Querendo saber que espécie de aparição era aquela, fui até ele e toquei seu braço. Era um homem vivo. Levantou os olhos para mim — era um pouco mais baixo do que eu — e sorriu; eu deveria ter me tranquilizado com o tom despreocupado com que assentiu com um movimento da cabeça e disse: "Pode examinar". No entanto, agarrei-o pela frente do colete e pelas costas do paletó e o sacudi. Notei a bela corrente de ouro de seu relógio e arranquei-a da casa de botão onde estava presa. Ele não reagiu, apenas conferiu o estrago, tentando em vão fechar o botão do colete na casa rasgada. "O que você fez?", exclamou mostrando-me o colete. "Quieto!", repliquei ameaçador.

Comecei a andar pelo quarto, primeiro a passo, depois a trote, em seguida a galope. Cada vez que passava pelo homem, ameaçava-o erguendo o punho. Mas ele nem mesmo me olhava, continuava ocupado com o colete. Sentia-me muito livre, eu até respirava extraordinariamente fundo, e só as roupas pareciam impedir que meu peito se expandisse portentosamente.

Diário, 26 de outubro de 1913

Sonho: em uma rua íngreme, mais ou menos no meio do caminho, começando bem no centro da pista esquerda, vista de baixo para cima, havia um monte de lixo ou barro seco, que do lado direito ia desmoronando e diminuindo, enquanto no lado esquerdo era alto e firme como uma cerca. Eu ia pela direita onde o caminho estava quase livre e via um homem subindo de triciclo em minha direção e aparentemente indo de encontro ao obstáculo. O homem parecia não ter olhos ou pelo menos seus olhos pareciam buracos embaciados. O triciclo era cambaleante e rodava frouxo e incerto mas sem fazer barulho, quase exageradamente silencioso e leve. No último minuto agarrei o homem e o segurei como se ele fosse o guidão do veículo, e o desviei para a brecha por onde eu tinha passado. Aí ele caiu em cima de mim, mas eu era grande como um gigante e continuei segurando o homem numa posição um pouco forçada; para piorar, o triciclo começou a rodar para trás como se estivesse descontrolado, ia devagar mas me arrastava consigo. Passamos por uma carroça com engradamento de varas e sobre a qual comprimia-se um grupo de pessoas em pé e vestindo roupas escuras, entre elas um escoteiro mirim de chapéu cinza-claro com a aba erguida.

Eu contava com a ajuda do menino, que eu já tinha reconhecido a distância, mas ele se afastou e desapareceu no meio dos outros. Então, atrás dessa carroça — o triciclo continuava descendo e me levando junto, eu ia bem inclinado para a frente e arrastando as pernas dos lados — veio alguém em meu auxílio, não me lembro quem. Só sei que era uma pessoa confiável, que agora está oculta atrás de uma espécie de pano preto esticado e devo respeitar o fato de ela estar oculta.

Diário, 17 de novembro de 1913

Sonho: o ministério francês sentado em volta de uma mesa, quatro homens. É uma conferência. Lembro-me de um homem sentado no lado direito, de perfil chato, pele amarelada e nariz muito reto e muito proeminente (por causa do rosto achatado) e um grande bigode preto e oleoso sobressaindo em torno da boca.

Diário, 21 de novembro de 1913

Sonho por volta do amanhecer: estou sentado no jardim de um sanatório, a mesa é comprida e até estou na cabeceira, de modo que no sonho vejo minhas próprias costas. É um dia encoberto, parece que eu estava fazendo uma excursão e acabara de chegar ali num automóvel que subira a rampa com velocidade. Vão servir a comida e vejo uma das criadas — uma moça delicada e de andar suave, ou talvez hesitante, num vestido cor das folhas no outono — descendo para o jardim entre as colunas do saguão que serve de vestíbulo ao sanatório. Ainda não sei o que ela quer, mas aponto para mim mesmo com um olhar interrogativo, querendo saber se sou eu quem está procurando. E de fato ela me entrega uma carta. Penso que não pode ser a carta que estou esperando, é uma carta bem fininha numa letra que não conheço, fina e trêmula. Mesmo assim abro o envelope, do qual sai uma grande quantidade de folhas finas e completamente cobertas por aquela letra desconhecida. Folheio a carta, começo a ler e logo percebo que deve ser uma carta muito importante, provavelmente da irmã caçula de F. Começo a ler com ansiedade, até que a pessoa sentada à minha direita, não sei se homem ou mulher, mas provavelmente uma criança, espia a carta por cima do meu braço. "Não!", grito. As pessoas em torno da mesa, que já estavam nervosas, começam a tremer. Parece que provoquei uma desgraça. Querendo prosseguir a leitura, trato de me desculpar com poucas palavras. Volto a me debruçar sobre a carta, mas aí acordo de vez, como que desperto por meu próprio grito. Em plena consciência, faço um terrível esforço para voltar a dormir e de fato consigo retomar o sonho e ler rapidamente mais duas ou três linhas nebulosas da carta, mas esqueço tudo e perco o sonho voltando a dormir.

Diário, 24 de novembro de 1913

Esse tipo de sono que tenho, com sonhos superficiais e nada extraordinários, mera repetição mais agitada dos pensamentos do dia, é muito mais atento e extenuante que a vigília. Há momentos em que, falando ou ditando, durmo melhor do que sonhando.

Carta a Grete Bloch,
11 de fevereiro de 1914

Sonhos: pelas ruas de Berlim a caminho da casa dela; ainda não cheguei, mas a consciência de saber que, se houver a menor possibilidade de lá chegar, lá chegarei, deixa-me feliz e tranquilo. Vejo o traçado das ruas, passo por um prédio branco onde há um letreiro dizendo "Os suntuosos salões do norte" (expressão que li no jornal ontem), no sonho acrescido de "Berlim W". Pergunto o caminho a um velho policial afável e de nariz vermelho, que agora está metido numa espécie de uniforme de mordomo. Ele me dá informações ultraminuciosas, chega a mostrar-me ao longe uma pracinha gramada onde eu deveria parar por motivos de segurança. Ele também me dá conselhos sobre o bonde, o metrô etc. Já não consigo acompanhá-lo e pergunto assustado, consciente de estar avaliando mal a distância: "Então fica a meia hora daqui?". Mas ele, que era velho, replica: "Eu chego lá em seis minutos". Que alegria! O tempo inteiro alguém me acompanha, um homem, uma sombra, um camarada, não sei quem é. Realmente não tenho tempo para me virar, nem sequer para olhar para o lado. — Em Berlim eu moro numa pensão onde vivem jovens judeus poloneses, são quartos bem pequenos. Derramo uma garrafa de água. Alguém escreve sem parar numa pequena máquina de escrever, mal vira a cabeça quando lhe pedem algo. Impossível achar um mapa de Berlim. O tempo todo vejo alguém segurando um livro que parece um mapa, mas sempre acaba sendo outra coisa, um catálogo de escolas municipais, uma estatística de impostos ou algo assim. Não quero acreditar, mas as pessoas demonstram que assim é, sem sombra de dúvida, e não param de sorrir.

Diário, 13 de fevereiro de 1914

Ontem, antes de adormecer, pela primeira vez me apareceu um cavalo branco; tive a impressão de que ele saiu da minha cabeça virada para a parede, passou por cima de mim e saltou para fora da cama, sumindo.

Diário, depois de 27 de maio de 1914

Visto da perspectiva da literatura, meu destino é muito simples. O impulso de representar minha vida onírica deslocou todo o resto para um plano secundário, que definhou assustadoramente e não para de definhar. Nada mais poderá me satisfazer, nunca.

Diário, 6 de agosto de 1914

Sonho na noite de hoje. Com o imperador Guilherme. No castelo "A bela vista". Um quarto semelhante ao "Tabakskollegium". Encontro com Matilde Serao. Infelizmente esqueci tudo.

Diário, 2 de dezembro de 1914

Muitos sonhos. Aparece alguém que é uma mistura do diretor Marschner e do criado Pimisker. Bochechas vermelhas e salientes, barba preta lustrosa, assim como a densa cabeleira em juba.

Diário, 29 de setembro de 1915

Semiadormecido tive uma longa visão de Esther, que se aferrava aos nós de uma corda com a mesma paixão que parece nutrir pelas coisas do espírito e balançava no vazio com muita força, feito um badalo de sino (lembrança de um cartaz de cinema). — As duas Lieblich. A professorinha diabólica que também vi, semiadormecido, dançava furiosamente uma espécie de dança cossaca, mas flutuante; ela voava para cima e para baixo à luz crepuscular sobre um chão acidentado, levemente inclinado e calçado com pedras marrom-escuro.

Diário, 3 de novembro de 1915

Sonho há pouco: morávamos no Graben perto do Café Continental. Um regimento descia a Herrengasse a caminho da estação central. Meu pai comenta: "É o tipo de coisa que a gente não pode deixar de olhar", sobe na janela (veste o roupão marrom do Felix, na verdade a figura era uma mistura de ambos), cujo parapeito é muito largo e extremamente abrupto, e fica balançando os braços. Eu o amparo, agarrando-o pelas duas passadeiras do cinto do roupão. Por maldade, meu pai se inclina ainda mais e preciso fazer um esforço enorme para continuar segurando. Penso que seria conveniente amarrar meus pés em algo fixo para não ser arrastado pelo pai. Mas para tanto precisaria soltar meu pai ao menos por um instante e isso é impossível. Não há sono que aguente tanta tensão, o meu menos ainda, e acordo.

Diário, 19 de abril de 1916

Um sonho: uma luta entre dois grupos de homens. O grupo a que pertenço tinha prendido um inimigo, um imenso homem nu. Cinco de nós seguram-no, um pela cabeça, dois pelos braços e dois pelas pernas. Infelizmente não tínhamos faca para o apunhalar; com muita pressa perguntamos se alguém do grupo tinha uma faca, mas ninguém tinha. Mas como por algum motivo não havia tempo a perder e ali perto tinha um forno, cujas portinholas de ferro fundido eram desproporcionalmente grandes e estavam incandescentes, arrastamos o homem até perto do forno e colocamos um de seus pés perto das portinholas até o pé começar a fumegar, aí o afastamos, deixamos o pé esfriar e o aproximamos de novo ao forno. E isso repetimos várias vezes, até que acordei, não só banhado em suor, mas literalmente trincando os dentes.

Diário, 20 de abril de 1916

Acordei encerrado num quadrado formado por uma cerca de madeira e que não permitia dar mais do que um passo para cada lado. Há cercados semelhantes para encurralar ovelhas à noite, mas nem esses são tão estreitos. O sol batia direto em mim, e para proteger a cabeça baixei-a junto ao peito e ali fiquei encolhido.

Diário, 4 de julho de 1916

Um sonho pavoroso estragou-me o humor ao longo do dia, um sonho esquisito porque na verdade nada tinha de pavoroso, era apenas um encontro banal com conhecidos na rua. Nem me lembro de detalhes, acho que você não aparecia. Pavoroso era o sentimento que um dos conhecidos causava em mim. Acho que nunca tive um sonho desse tipo.

Postal a Max Brod,
5 de julho de 1916

Sonho com o Dr. Hanzal sentado à escrivaninha, ao mesmo tempo recostado e inclinado para a frente, os olhos límpidos como água, expondo um raciocínio muito claro no seu jeito lento e minucioso de sempre; mesmo no sonho mal ouço suas palavras, só acompanho o discurso metódico. Depois eu estava com sua esposa, ela tinha muita bagagem e brincava de modo estranhíssimo com meus dedos, havia um rasgo no feltro espesso de sua manga, da qual só uma parte mínima era ocupada pelos braços e o resto estava cheio de morangos.

Karl não dava a mínima importância ao fato de rirem dele. Que sujeitos eram aqueles e o que sabiam. Rostos lisos americanos com só duas ou três rugas, mas fundas e bem marcadas, na testa ou em um lado do nariz ou da boca. Americanos natos, bastaria martelar-lhes as testas pétreas para saber que tipo de gente eram. O que sabiam eles...

Um homem muito doente estava de cama. O médico estava sentado à mesinha, empurrada até à cama, e observava o enfermo, que por sua vez fitava o médico. "Impossível ajudar", disse o doente, não como uma pergunta, mas como uma resposta. O médico entreabriu um grande compêndio de medicina que estava na beira da mesinha, deu uma espiadela e disse, fechando o livro: "A ajuda vem de Bregenz". Enquanto o doente fazia o maior esforço para contrair os olhos, o médico completou: "Bregenz em Vorarlberg". "É longe", disse o doente.

———————

Envolve-me em teus braços, eis aqui a profundidade, envolve-me na profundidade, se agora te recusas, então depois

———————

Envolve-me, envolve-me, trama de loucura e dor.

———————

Os negros saíram do mato. Puseram-se a dançar em torno do tronco rodeado por uma corrente de prata. O sacerdote estava sentado um pouco afastado e mantinha uma vareta erguida sobre o gongo. O céu estava nublado mas tranquilo e sem chuva.

———————

Nunca tive maiores intimidades com uma mulher, só em Zuckmantel. E depois com a suíça em Riva. A primeira era uma mulher, e eu era ingênuo; a segunda uma criança, e eu, completamente confuso.

Diário, 6 de julho de 1916

Chamaram. Estava ótimo. Levantamos, um grupo de pessoas das mais díspares, e nos juntamos diante do prédio. A rua estava silenciosa, como toda manhã bem cedo. Um ajudante de padaria pôs seu cesto no chão e ficou nos observando. Descemos a escada correndo, um amontoado com todos os moradores dos seis andares, eu ajudei o comerciante do primeiro andar a vestir o casaco que até então ele vinha arrastando pelos degraus. Este comerciante nos guiava e com razão, pois entre todos nós ele era o que mais tinha rodado o mundo. Primeiro ele nos organizou em fila, exortando os mais inquietos a sossegarem; depois tirou das mãos do bancário o chapéu que ele não parava de abanar e o atirou para o outro lado da rua; cada criança dava a mão a um adulto.

Diário, 21 de julho de 1916

Sonho angustiante: alguém me telefona da portaria do instituto dizendo que chegou uma carta para mim. Desço, mas não encontro o porteiro, só o chefe da recepção, responsável pela correspondência. Peço a carta. O homem procura na mesinha, dizendo que a carta estava ali até havia pouco, mas não a encontra e diz que a culpa é do porteiro, que a tinha recebido do carteiro sem autorização, em vez de deixar que ela fosse entregue na recepção. Seja como for, tenho de esperar pelo porteiro, que demora. Por fim ele chega: é um gigante, tanto na estatura quanto na ingenuidade. Não sabe onde está a carta. Desesperado, vou reclamar ao diretor, querendo exigir um confronto entre o porteiro e o carteiro, para que o primeiro se comprometa a nunca mais receber as cartas. Ando semi-inconsciente pelos corredores e escadarias, em vão procurando o diretor.

Carta a Felice Bauer,
1º de outubro de 1916

Desvencilhou-se do resto do grupo. Foi envolvido pela névoa. Uma clareira redonda na floresta. O pássaro Fênix no mato. Uma mão fazendo o sinal da cruz num rosto invisível, sem parar. Eterna chuva fria, um cântico instável como de um peito arfante.

Diário, 30 de julho de 1917

"Não, me larga, me larga!", saí gritando pelas ruas e ela continuava grudada em mim tentando agarrar meu peito pelos lados e por cima dos ombros com suas garras de sereia.

Diário, 10 de agosto de 1917

Sonho com Werfel: ele contava que tinha dado um esbarrão num homem na rua, sem querer, e o homem o insultou horrivelmente. Isso na Baixa Áustria, onde está vivendo. Esqueci as palavras exatas, só sei que falava em "bárbaros" (como na Grande Guerra) e terminava com "Sie proletarischer Turch".* Combinação interessante: "Turch", forma dialetal para "turco", xingamento aparentemente na tradição das guerras contra a Turquia e dos cercos de Viena, e "proletário" como um xingamento novo. Caracteriza bem a simplicidade e o atraso do sujeito, já que hoje nenhuma dessas palavras é realmente um xingamento.

Diário, 19 de setembro de 1917

---

* "Seu turco proletário".

Sonho com meu pai. Ele faz a primeira apresentação pública de um projeto de reforma social para um pequeno grupo de ouvintes (caracterizado pela presença de dona Fanta). Seu objetivo é que o projeto seja divulgado por esse grupo, que ele considera especialmente seleto. Mas ele se expressa com muita modéstia, solicitando ao grupo que, após tomar conhecimento de todo o projeto, lhe dê endereços de outras pessoas que possam ter interesse, e que em breve seriam convidadas para uma grande reunião pública. Era a primeira vez que meu pai tratava com essa gente e por isso as levava muito a sério, vestindo um elegante paletó preto e expondo a ideia com extrema clareza, sem ocultar seu diletantismo. Embora não estivessem preparadas para uma palestra, as pessoas logo perceberam que se tratava de um projeto antigo e gasto, havia muito já discutido, e que estava sendo apresentado com todo o orgulho da originalidade. É o que dão a entender a meu pai, que aparentemente já contava com tal objeção, já tendo se confrontado com ela diversas vezes. Formidavelmente convicto de que a objeção era inválida, continuou sua exposição com maior ênfase e um discreto sorriso amargo nos lábios. Quando termina, o murmúrio entediado do público demonstra que ninguém estava convencido da originalidade ou da utilidade do projeto. Poucos mostram interesse. Mesmo assim, um ou outro lhe dá alguns endereços, por bondade ou talvez por me conhecer. Alheio à atmosfera geral, meu pai junta o material da palestra e pega uma pilha de papel em branco já preparada para anotar os poucos endereços. Ouço apenas o nome de um conselheiro Strizanowski ou algo semelhante. Depois vejo meu pai sentado no chão apoiado no sofá, como costuma se sentar ao brincar com Felix. Inquieto, pergunto o que está fazendo. Ele reflete sobre seu projeto.

Diário, 21 de setembro de 1917

Caro Felix, como prova da impressão causada por seus cursos, conto-lhe rapidamente o sonho que tive na noite passada: foi formidável, quer dizer, não o sonho e nem o sono (que na realidade foi bem ruim, como sempre nos últimos tempos; o que farei se começar a perder peso e o professor me mandar embora de Zürau?), mas sua participação nele.

Encontrávamo-nos na rua, acho que eu tinha acabado de chegar a Praga e estava muito feliz em vê-lo, embora você me parecesse magro demais, nervoso, excêntrico como uma caricatura de professor catedrático (segurando a corrente do relógio numa pose afetada). Você falava que estava indo dar aula na universidade. Eu dizia que adoraria ir junto, mas antes precisava entrar na loja diante da qual estávamos parados (mais ou menos no final da Langengasse, na frente daquela grande taberna). Você prometeu me esperar, mas mudou de ideia e me escreveu uma carta enquanto eu estava na loja. Não lembro como a recebi, mas reconheci sua letra. Entre outras coisas, escrevia que seu curso começava às três horas e que você não podia esperar mais, o professor Sauer estaria no auditório e ficaria ofendido se você se atrasasse. Além disso, a presença dele atrairia muitas moças e senhoras e, se ele faltasse, centenas de pessoas deixariam de comparecer. Por isso você tinha tanta pressa.

Também me apressei e o alcancei numa espécie de saguão. Uma moça jogava bola num terreno baldio ali perto e lhe perguntava o que você ia fazer. Você respondia que ia dar aula e dava-lhe dados exatos sobre os textos, mencionando os dois autores, as obras e até o número dos capítulos. Era tudo muito erudito, só guardei o nome de Hesíodo. Do segundo autor, só sei que não era Píndaro, mas tinha um nome semelhante e muito menos conhecido, perguntei-me por que você não lia "pelo menos" Píndaro.

Quando entramos, a aula já tinha começado. Acho que você já tinha feito a introdução, tendo saído só para me procurar. Na cátedra estava sentada uma moça grande e forte, bem feminina mas não muito bonita, de nariz de batata, olhos escuros e roupas pretas, traduzindo Hesíodo. Não entendi nada. No sonho eu não sabia quem era, mas agora me lembro: era a irmã de Oskar, só que um pouco mais esbelta e muito maior.

Comparando minha ignorância à erudição monstruosa da moça, senti-me completamente escritor (acho que me lembrei de seu sonho com Zuckerkandl) e repetia comigo: "lamentável, lamentável!".

O professor Sauer eu não vi, mas lá estavam muitas mulheres (que chamavam a atenção por sentarem-se de costas para a cátedra). Duas fileiras à minha frente vi a dona G., sacudindo os longos cabelos cacheados, e ao lado dela uma outra dama que você me explicou ser a Holzner (bem mais jovem). Na fileira à nossa frente você me mostrou a diretora da escola na Herrengasse, parecida com ela. Então, todas elas eram suas alunas. No outro lado, entre outras, vi Ottla, com quem eu tinha brigado um pouco antes por causa do curso (ela não queria vir, mas para minha satisfação viera, até que bem cedo).

Todos falavam sobre Hesíodo, mesmo quem estava apenas conversando. Fiquei aliviado ao perceber que, quando entramos, a moça na cátedra começou a sorrir e durante um bom tempo não conseguia conter o riso, com a aprovação do auditório. E isso sem parar de comentar e traduzir muito bem.

Quando ela terminou a tradução, e você ia começar a aula propriamente dita, virei-me para acompanhar o texto em seu livro e para meu grande espanto você trazia uma edição escolar suja e desbeiçada, ou seja — Deus do céu! —, você havia "interiorizado" o texto grego. Esta expressão de sua última carta veio em meu auxílio. Neste momento, talvez por perceber que eu não estava em condições de acompanhar a situação, tudo perdeu a nitidez, você assumiu um pouco da aparência de um de meus antigos colegas de escola (de quem aliás eu gostava muito, que se matou com um tiro e que, percebo agora, tinha uma certa semelhança com a aluna na cátedra), enfim, você se transformava e começava uma outra aula, menos detalhada, um seminário sobre música, apresentado por um moreno baixinho e de rosto avermelhado, parecido com um parente afastado meu que (significativo para minha relação com a música) é químico e provavelmente louco.

Assim foi o sonho, longe de estar à altura dos seus cursos; agora vou deitar-me, talvez para sonhar outra vez com aulas, ainda mais intensamente.

Carta a Felix Weltsch,
provavelmente 22 de outubro de 1917

Sonho com a batalha de Tagliamento: uma planície, aliás sem o rio, um aglomerado de espectadores entusiasmados prontos a avançar ou recuar, dependendo da situação. Diante de nós, um planalto muito nítido, com a borda em parte vazia, em parte coberta por um arvoredo alto. Os austríacos combatiam sobre o planalto e do outro lado. Há uma grande tensão: o que vai acontecer? Aparentemente para descansar, olhávamos de vez em quando para os arbustos isolados na ribanceira escura, atrás dos quais havia um ou dois italianos atirando em nossa direção. Mas não tinha importância, já estávamos mesmo prontos a sair correndo. Aí o planalto outra vez: os austríacos correm ao longo da borda vazia, param de repente atrás do arvoredo, voltam a correr. Parece que as coisas vão mal, e seria impossível que fossem bem, pois como alguém sozinho, um mero ser humano, poderia vencer homens decididos a se defender? Grande desespero, uma retirada parece inevitável. Aí aparece um major prussiano, que aliás estivera acompanhando a batalha conosco o tempo todo, mas agora que ele avança calmamente para o espaço de súbito vazio, ele é uma outra pessoa. Enfia dois dedos na boca e solta um assobio, como se chamasse um cachorro, mas afetuosamente. É um sinal para o seu regimento, que aguardava nas redondezas e que agora se aproxima marchando. É a Guarda Prussiana, formada por jovens silenciosos, não muitos, talvez apenas uma companhia; todos parecem oficiais, pelo menos têm sabres longos e vestem uniformes escuros. Ao passarem lentamente por nós, marchando em formação e a passos curtos, às vezes olhando-nos de soslaio, a naturalidade dessa marcha para a morte é ao mesmo tempo solene e comovente, um prenúncio de vitória. Aliviado pela intervenção desses homens, acordo.

Diário, 10 de novembro de 1917

Aliás sua aula era sobre botânica (diga ao professor Kraus) e você apresentava ao público uma flor semelhante a um dente-de-leão, ou diversos exemplares dessa espécie, exemplares avulsos muito grandes, amontoados da cátedra ao teto; eu não entendia como você conseguia mostrar tudo com apenas duas mãos. Aí vinha de algum ponto no fundo (havia algumas máscaras, um ultraje que se repete quase toda noite. É uma prova por que devo passar, pois as máscaras calam para não se traírem, andam pelo quarto como se fossem as proprietárias e cabe a mim distraí-las e apaziguá-las), ou talvez do meio das próprias flores, uma luz que as fazia brilhar. Também reparei em alguns aspectos do público, mas os esqueci.

Carta a Felix Weltsch,
início de fevereiro de 1918

Por que compara o mandamento interno a um sonho? Seria o primeiro como o segundo, absurdo, desconexo, inevitável, exclusivo, portador de alegrias ou medos infundados, incomunicável enquanto um todo e exigindo ser comunicado?

Tudo isso: absurdo porque só posso sobreviver aqui se não lhe obedecer; desconexo porque não sei quem o ordena, e com que objetivo; inevitável porque me pega de surpresa, tão desprevenido quanto os sonhos assolam quem dorme, embora quem se deita para dormir deveria saber que vai sonhar. É exclusivo, ou assim parece, porque não posso concretizá-lo, não se mistura à realidade e por isso não pode ser repetido; provoca alegrias ou medos infundados, aliás muito mais estes do que aquelas; não pode ser comunicado porque é intangível, e pelo mesmo motivo exige ser comunicado.

Quarto caderno in-oitavo,
7 de fevereiro de 1918

Enquanto no sonho você ainda sofre por seus pensamentos, eu viajo de troica na Lapônia. Assim foi na noite passada, ou melhor, eu ainda não estava viajando, a parelha estava sendo atrelada. O tirante do trenó era um gigantesco osso de animal, e o cocheiro me dava uma explicação sobre a atrelagem da troica, explicação muito engenhosa em termos técnicos, mas no geral muito esquisita. Não vou lhe contar aqui todos os pormenores. Um som familiar atravessou a atmosfera nórdica quando minha mãe, ou talvez fosse apenas sua voz, pôs-se a comentar o traje típico local que o homem vestia, explicando que a calça era de um tecido de papel, de uma tal firma Bondy. Esse comentário já é uma transição para as lembranças do dia anterior, pois aqui há muitas coisas judaicas, e ontem falaram sobre tecido de papel e também sobre um tal de Bondy.

Carta a Max Brod,
8 de fevereiro de 1919

Há pouco sonhei com você, aliás indiretamente. Eu estava passeando uma criança gorducha e avermelhada (a filha de um funcionário do instituto) num carrinho de bebê e lhe perguntava como se chamava. Ela respondia: "Hlavatá" (sobrenome de outro funcionário do instituto). "E o primeiro nome?", insisti. "Ottla." "Veja só!", prossegui espantado, "Como minha irmã. Ela também se chama Ottla e também é *hlavatá*".* Claro que não disse isso por maldade, mas até com orgulho.

Carta a Ottla Kafka,
24 de fevereiro de 1919

* Teimosa (checo).

Há pouco no sonho li um artigo seu na *Selbstwehr*. O título era: "Uma carta", quatro longas colunas num estilo muito enfático. Era uma carta para Marta Löwy, consolando-a porque Max Löwy estava doente. Não entendi por que fora publicada na *Selbstwehr*, mas gostei muito.

Carta a Ottla Kafka,
17 de abril de 1920

Hoje sonhei com você. Estávamos sentados a três, e ele fazia um comentário que me causava um prazer extraordinário, como de costume nos sonhos. Pois em vez de dizer que o interesse da mulher pelo trabalho e pela essência masculina era óbvio ou adquirido por experiência, ele dizia que era "historicamente comprovado". Mais interessado na universalidade da afirmação, deixei de lado o caso particular e respondi: "E o contrário também".

Carta a Ottla Kafka,
1º de maio de 1920

Há pouco sonhei outra vez com a senhora, um sonho longo do qual pouco me recordo. Eu estava em Viena e não me lembro da cidade, mas voltava para Praga e tinha esquecido seu endereço, não só a rua mas também a cidade, tudo; só me vinha à cabeça o nome Schreiber, mas isso não ajudava em nada. Ou seja, eu a tinha perdido completamente. Desesperado, fazia diversos planos astuciosos, mas que por algum motivo não davam certo e dos quais apenas um ficou em minha memória. Subscritava um envelope da seguinte maneira: M. Jesenská, e embaixo: "Se esta carta não for entregue, o Ministério da Fazenda sofrerá um prejuízo terrível". Com esta ameaça eu esperava acionar o auxílio do Estado para encontrá-la.

Carta a Milena Jesenská,
11 de junho de 1920

Hoje de manhã, pouco antes de acordar, a bem dizer logo depois de adormecer de novo, tive um sonho ruim, para não dizer pavoroso (felizmente a sensação onírica se dissipa logo), então um sonho só ruim. Aliás, graças a ele pude dormir um pouco mais, pois só consigo despertar de sonhos assim quando acabam, é impossível livrar-se deles antes, é como um nó na garganta.

Era em Viena, assim como eu costumo imaginar uma viagem para Viena quando estou sonhando acordado (nesses devaneios Viena não passa de uma pracinha tranquila, com sua casa de um lado e meu hotel do outro, à esquerda a estação Viena-Oeste, onde chego, e a estação Franz Josef, de onde meu trem parte; no andar térreo do hotel felizmente há um restaurante vegetariano onde faço minhas refeições, não para me alimentar, mas para ganhar peso antes de voltar para Praga. Por que conto tudo isso? Não faz parte do sonho, acho que ele ainda me amedronta). Então, no sonho não era bem assim, era a cidade real, no cair da noite, grande, úmida e escura, com um tráfego intenso e difuso; o prédio onde morava era separado de sua casa por um grande parque quadrado.

Eu tinha chegado a Viena de repente, antecipando-me a cartas que já tinha enviado (o que posteriormente me causaria um sofrimento especial). Ao menos você estava informada de minha chegada, e íamos nos encontrar. Felizmente (mas ao mesmo tempo isso me incomodava) eu não estava só, mas acompanhado por um pequeno grupo, acho que havia uma moça, mas nada sei sobre ela, de certa forma era como se todos fossem minhas testemunhas. Se pelo menos eles ficassem quietos, mas não, conversavam sem parar, provavelmente sobre assuntos meus, eu só ouvia seu murmúrio irritante, não entendia nada e nada queria entender. Eu estava na beira da calçada à direita de meu prédio, observando sua casa. Era um casarão térreo com uma varanda de pedra com arcadas redondas, simples e muito bonita, na altura da rua.

De repente era hora do café da manhã, a mesa estava posta na varanda, de longe eu via seu marido chegar e sentar-se à direita numa cadeira de rodas, ainda sonolento, espreguiçando-se. Depois chega você e senta-se numa posição em que eu podia vê-la por inteiro. Na verdade não exatamente, porque você estava longe e eu via o contorno de seu marido muito melhor, não sei por quê. Você era uma figura branco-azulada, fluida, espectral. Também esticava os braços, mas não se espreguiçando, era uma postura solene.

Logo depois, mas já anoitecia outra vez, você estava comigo na rua, parada na calçada, eu com um pé na pista. Eu segurava-lhe a mão e aí começava uma conversa absurdamente rápida, com frases curtas, um tá tá tá ininterrupto que durava até o fim do sonho.

Não saberia reproduzir a conversa, a bem dizer só me lembro das duas primeiras e das duas últimas frases; a parte central era um tormento só, incomunicável.

Em vez de cumprimentá-la, eu lhe dizia bem rápido, induzido por um comentário seu: "Você me imaginou diferente." Você respondia: "Para ser sincera, eu achava que você era mais chique" (na verdade você usou uma expressão vienense que eu esqueci).

Tais foram as duas primeiras frases, e assim tudo já parecia decidido, o que mais faltava? Mas então começaram as negociações sobre um reencontro, você cheia de dúvidas e eu insistindo com perguntas.

Aí meus acompanhantes intervieram, dando a entender que um dos motivos para eu estar em Viena era frequentar uma escola agrícola perto da cidade, e agora precisava me apressar; mas aparentemente eles só queriam me afastar dali, por pura misericórdia. Eu percebia a intenção e os acompanhava à estação, talvez achando que você ficaria impressionada por minha firme decisão de partir. Ao chegarmos à estação, eu tinha esquecido o nome do lugar onde ficava a escola. Paramos diante dos grandes quadros de horários e os outros percorriam a lista de estações com os dedos, perguntando-me se era lá ou acolá, mas eu não sabia.

No entretempo pude observá-la, sua aparência não me interessava, só suas palavras importavam. Você era bem diferente de você mesma, ou pelo menos seu rosto era mais escuro e magro; com bochechas tão redondas não poderia ser mais cruel (mas havia mesmo crueldade?). Estranho é que você usava um terno do mesmo tecido que o meu, era muito masculino e não me agradava nem um pouco. Mas aí me lembrei de uma passagem de sua carta (os versos: *dvoje saty mám a prece slusne vypadám**), e essas palavras me impressionaram tanto que comecei a gostar mais da roupa.

Mas já estávamos no final, meus acompanhantes continuavam pesquisando os quadros de horários e nós dois estávamos de lado negociando. A última conclusão era mais ou menos assim: o dia seguinte era domingo, e você se indignava, achando absurdo que eu ousasse esperar que você tivesse tempo para mim num domingo. Por fim parecia que você cedia, dizendo que me reservaria quarenta minutos (é claro que o mais terrível da conversa não eram as palavras, mas o fundo, a inutilidade de tudo aquilo, o seu argumento tácito e contínuo: "Se eu não quero ir, que vantagem você levaria se eu fosse?"). Mas você não me dizia quando teria esses quarenta minutos livres. Você não sabia e apesar de uma reflexão aparentemente extenuante, não conseguia decidir. Por fim, perguntei: "Quer que eu espere o dia inteiro?" "Quero", respondeu e virou-se para um grupo que já estava à sua espera.

* Só tenho dois vestidos e mesmo assim ando bem vestida (checo).

O significado da resposta era que você não iria ao encontro, e a única concessão que fazia era deixar-me esperar. "Não vou esperar", murmurei; achei que você não tivesse ouvido e como esse era meu último trunfo, eu o repeti gritando desesperadamente enquanto você se afastava. Mas você não se importou e nem me deu atenção. De algum modo voltei cambaleando para a cidade.

Carta a Milena Jesenská,
14 de junho de 1920

Hoje cedo sonhei com você outra vez. Estávamos sentados lado a lado e você estava arredia, não de forma rude, mas delicada. Eu estava muito infeliz. Não porque você me rejeitava, mas por causa de mim mesmo, que a tratava como uma mulher muda qualquer e não prestava atenção à voz que vinha de você e se dirigia precisamente a mim. Ou talvez não que eu não prestasse atenção, mas simplesmente não conseguia responder. Afastei-me mais desconsolado do que no primeiro sonho.

Carta a Milena Jesenská,
15 de junho de 1920

Hoje sonhei com você, acho que pela primeira vez desde que voltei a Praga. Um sonho curto e pesado, já de manhã, quando finalmente adormeci depois de uma noite péssima. Lembro-me pouco. Você estava em Praga, descíamos a Ferdinandstrasse em direção ao cais, mais ou menos na altura de Vilimek; do outro lado passaram conhecidos seus, viramo-nos para olhar. Você falou deles, talvez sobre Krasa (sei que ele não está em Praga, mas vou providenciar seu endereço). Você falava como sempre, mas em suas palavras havia um traço quase imperceptível e intangível de rejeição, eu nada dizia, mas praguejava, querendo expressar a maldição que pesava sobre mim. Aí chegamos a um café, provavelmente o Café Union (que fica no caminho, o café da última noite de Reiner), há um homem e uma moça sentados em nossa mesa, mas não me lembro de nada sobre eles, e depois sentava-se um outro homem, muito parecido com Dostoiévski, mas jovem, de barba e cabelos bem pretos, tudo, como, por exemplo, as sobrancelhas e o inchaço dos olhos, de uma intensidade incrível. Depois estávamos a sós outra vez. Nada traía seu alheamento, mas a rejeição estava presente. Seu rosto — eu não conseguia despregar os olhos dessa tortura estranhíssima — estava exageradamente maquilado, uma maquilagem grosseira e malfeita que derretia ao calor e formava desenhos em suas bochechas, ainda os vejo claramente. A todo momento me inclino para perguntar por que você estava maquilada, e mal você percebia que eu ia fazer uma pergunta, antecipava-se, indagando muito solícita — aí nada indicava seu alheamento — "O que você quer?" Eu não conseguia perguntar, não me atrevia, intuía que esse pó de arroz era uma espécie de prova para mim, uma provação decisiva, eu tinha de perguntar, eu queria perguntar, mas não ousava. E assim o sonho ia me esmagando. O homem parecido com Dostoiévski também me torturava. Seu comportamento em relação a mim era quase o mesmo que o seu, mas um pouco diferente. Quando eu lhe fazia uma pergunta, ele se mostrava gentil e solícito, inclinando-se para mim muito atencioso; mas quando eu não sabia mais o que dizer ou perguntar — o que acontecia a todo instante —, ele imediatamente recuava e mergulhava num livro, sem se interessar por mais nada, muito menos por mim, desaparecendo atrás da barba e dos cabelos. Não sei por que tudo isso me parecia insuportável, e o tempo todo tentava atraí-lo a mim com uma pergunta — eu não conseguia agir de outro modo —, e o tempo todo o perdia por minha própria culpa.

Carta a Milena Jesenská,
1º de agosto de 1920

Na noite passada cometi um assassinato por você, um sonho louco, uma noite ruim, muito ruim. Não sei maiores detalhes. Alguém, um parente, durante uma conversa de que não me lembro, mas cujo sentido era que fulano ou beltrano era incapaz de algo, enfim, um parente dizia com ironia: "Então talvez Milena". Por isso de algum jeito eu o matava e voltava para casa aflito, minha mãe ficava correndo atrás de mim com uma conversa semelhante, e por fim eu gritava, afogueado de raiva: "Se alguém falar mal de Milena, por exemplo o pai (meu pai), eu também o mato, ou então me mato!". Aí despertei, mas nem o sono e nem o despertar foram verdadeiros.

Carta a Milena Jesenská,
7 de agosto de 1920

Na noite de hoje, semiadormecido, ocorreu-me que deveríamos comemorar seu aniversário visitando lugares importantes. Logo depois, por completo acaso, estava diante da estação Viena-Oeste. Era um edifício minúsculo, dentro parecia mal haver espaço, pois tinha acabado de chegar um trem expresso e um vagão ficava de fora, pois dentro não cabia mais. Fiquei muito satisfeito ao ver três moças bem vestidas (uma de trança), só que muito magras, trabalhando como carregadoras na frente da estação. Então pensei que não era tão incomum fazer o que você tinha feito. Mesmo assim fiquei aliviado por você não estar lá, mas por outro lado fiquei triste por não a ver. Para meu consolo encontrei uma maleta perdida por um passageiro e, para o espanto dos viajantes e transeuntes, tirei de dentro dela grandes peças de roupas.

Carta a Milena Jesenská,
10 de agosto de 1920

Mas o verdadeiro espólio só se encontra nas profundezas da noite, na segunda, terceira, quarta hora.

Carta a Milena Jesenská,
26 de agosto de 1920

Ontem sonhei com você. Já quase não me lembro dos pormenores, só sei que nos transformávamos continuamente um no outro, eu era você, você era eu. Finalmente, não sei como, você pegou fogo, lembrei-me que é possível apagar o fogo com panos e assim bati em você com um velho paletó. Mas as metamorfoses recomeçaram e de repente você desaparecia, era eu que ardia e também eu que batia com o paletó. Mas de nada adiantava, só confirmava meu velho temor de que esses métodos nada podem contra o fogo. No entretempo chegaram os bombeiros e de algum modo você foi salva. Mas agora você era diferente, fantasmagórica, como se desenhada a giz no escuro, e caiu-me nos braços sem vida, ou talvez tenha apenas desmaiado de alegria por ter sido salva. Mas ainda aqui atuava a incerteza da transformação, talvez eu mesmo tenha caído nos braços de alguém.

Carta a Milena Jesenská,
setembro de 1920

Nisso lembrei-me de quem sou, em seus olhos não lia mais ilusões e no sonho fiquei aterrorizado (por agir à vontade num lugar completamente estranho), um terror que experimentei na realidade; precisei voltar para o escuro, não suportava o sol.

Carta a Milena Jesenská,
14 de setembro de 1920

Um tormento insuportável, ou seja, arrastar
um arado através do sono — e através do dia.

Carta a Milena Jesenská,
novembro de 1920

Depois de uma série de sonhos ainda sonhei o seguinte: à minha esquerda estava sentada uma criança de camisa (conforme vou me lembrando, não tenho certeza se era meu filho mesmo, mas isso não importa) e à direita Milena, ambos encostados em mim, e eu lhes contava a história da carteira que eu tinha perdido e depois encontrado, mas ainda não tinha aberto para verificar se o dinheiro ainda estava dentro. Mas mesmo que não estivesse, não tinha importância enquanto os dois estivessem comigo. É claro que agora não consigo mais recuperar a felicidade que senti de manhã.

Carta a Max Brod,
segunda metade de janeiro de 1921

Um sonho curto que tive durante um sono curto e agitado e que se apoderou de mim com uma felicidade desmedida. Um sonho todo ramificado, com mil associações que se esclareciam de uma vez só e do qual restou apenas uma lembrança fugaz da sensação geral: meu irmão tinha cometido um crime, acho que um assassinato; eu e outros também estávamos envolvidos, a punição, a solução e a redenção vêm vindo de longe, avultam-se gigantescamente, há diversos indícios de sua aproximação contínua; minha irmã, acho, fica anunciando a vinda desses sinais, que recebo com repetidas exclamações extasiadas, um êxtase que cresce com a aproximação. Eram exclamações tão significativas, frases tão curtas e contundentes, que eu achava que jamais as esqueceria, mas agora não me lembro claramente de nenhuma. Só podem ter sido meras exclamações, pois eu tinha dificuldade em falar, precisava entortar a boca e enchê-la de ar para soltar uma palavra que fosse, como se tivesse dor de dente. A felicidade consistia no fato de a punição chegar e eu a receber com tanta liberdade, convicção e felicidade, uma cena que comoveria os deuses, e também eu senti, quase até as lágrimas, essa emoção divina.

Diário, 20 de outubro de 1921

Insone, quase completamente; atormentado por sonhos como se eles tivessem sido entalhados em mim, um material resistente.

Diário, 3 de fevereiro de 1922

À tarde, sonho com o abcesso na bochecha. O limite constantemente tênue entre a vida cotidiana e o terror aparentemente mais real.

Diário, 22 de março de 1922

Recentemente um sonho de terror por causa da carta de M. na carteira.

Diário, 13 de abril de 1922

Hoje sonhei com você, muitas coisas, das quais só me lembro que você olhava pela janela, assustadoramente magro, o rosto formando um triângulo exato.

Carta a Max Brod,
por volta de 13 de agosto de 1922

Aquela cavalgada que chamamos de cavalgada dos sonhos é um espetáculo belo e de grande efeito: há anos o representamos, seu criador morreu de tísica há muito tempo, porém deixou esta herança, e hoje não há motivos para tirar essas cavalgadas de nosso programa, tanto mais que ninguém conseguia imitá-las: embora à primeira vista não pareça, é uma representação inimitável.

Fragmentos de cadernos e folhas soltas, 1923

Chegaram sonhos, subindo o rio, subindo a parede do cais por uma escada. Paramos, conversamos com eles; eles sabem muita coisa, mas não sabem de onde vêm. É muito amena esta tarde de outono. Eles se viram para o rio e erguem os braços. Por que levantais os braços em vez de nos abraçar?

Fragmentos de cadernos e folhas soltas, sem data

Um ramo de junco? Há gente que flutua agarrado num traço a lápis. Flutua? Um afogado sonhando com salvação.

Fragmentos de cadernos e folhas soltas, sem data

Nada, imagem apenas, nada mais, esquecimento total.

Fragmentos de cadernos e folhas soltas, sem data

Sonho inquebrantável. Ela vinha descendo a estrada, eu não a via, mas percebia seu andar balouçante, o véu esvoaçando, seu pé se erguendo. Eu estava sentado na beira do campo olhando a água do riacho. Ela atravessou aldeias; crianças paravam na soleira das portas vendo-a passar.

Diários, sétimo caderno in-oitavo, *sem data*

Eu estava na varanda do meu quarto. Ficava bem alto; contei as fileiras de janelas, era no sexto andar. Embaixo havia o gramado de uma praça fechada em três lados, acho que era em Paris. Entrei no quarto deixando a porta da varanda aberta, parece que ainda era março ou abril, mas o dia estava quente. Num canto havia uma mesinha muito leve, com uma mão eu poderia erguê-la e balançá-la no ar. Mas sentei-me para escrever um cartão-postal, a tinta e a pena já estavam preparadas. Enfiei a mão no bolso, não sabia se tinha um cartão, aí ouvi um pássaro, virei-me e vi uma gaiola na parede da varanda. Fui até lá e apoiei-me na ponta dos pés para ver o pássaro, era um canário. Fiquei muito feliz em possuir um canário. Empurrei uma folha de alface por entre as grades da gaiola para que o pássaro a mordiscasse. Em seguida, virei-me para o lado da praça, esfregando as mãos e inclinando-me levemente sobre o parapeito. Do outro lado, da janela de um apartamento de mansarda, alguém parecia me observar por um binóculo, pois eu era novo no bairro. Era uma atitude mesquinha, mas talvez fosse um doente para quem a vista da janela representasse o mundo inteiro. Acabei encontrando um cartão no bolso e entrei no quarto para escrevê-lo, mas não era um cartão de Paris, mas uma reprodução de um quadro chamado "Prece noturna", mostrando um lago tranquilo com juncos em primeiro plano e atrás um barco com uma jovem mãe com o filho nos braços.

Fragmentos de cadernos e folhas soltas, sem data

Aprumei-me; pela janelinha arqueada do tabique erguido no meio do barco, vi alguém esticando a mão num gesto de cumprimento. Apareceu o rosto marcante de uma mulher, envolto num lenço preto rendado. "Mãe?", perguntei sorrindo. "Se você quiser...", respondeu. "Mas você é muito mais jovem do que meu pai", disse eu. "Sou mesmo", replicou, "muito mais jovem, ele poderia ser meu avô e você meu marido". "Sabe", comentei, "é espantoso quando a gente está sozinho num barco no meio da noite e de repente aparece uma mulher".

Fragmentos de cadernos e folhas soltas, sem data

"O grande nadador! O grande nadador!", gritavam. Eu chegava das Olimpíadas de Antuérpia, onde tinha batido um recorde mundial em natação. Estava parado na escadaria da estação de minha cidade natal — onde era? — olhando para a massa difusa na luz crepuscular. Uma menina, em cujo rosto faço uma carícia rápida, enrola-me nos ombros uma echarpe onde está escrito numa língua estrangeira: "Ao campeão olímpico". Um automóvel se aproxima, alguns homens me empurram para dentro, dois deles me acompanham, o prefeito e mais alguém. Logo chegamos a um salão de festas; à minha entrada um coral na galeria superior começou a cantar, e todos os convidados, eram centenas, ergueram-se e saudaram-me em uníssono com um verso que não entendi direito. À minha direita estava um ministro, não sei por que esta palavra tanto me assustou quando nos apresentaram, e de soslaio o medi agressivamente, mas logo me contive; à minha direita sentava-se a esposa do prefeito, uma dama exuberante, tudo nela, em especial na altura do peito, parecia estar cheio de rosas e plumas de avestruz. À minha frente estava um homem, cujo nome me escapou ao ser apresentado, muito gordo e com o rosto extraordinariamente branco; ele mantinha os cotovelos sobre a mesa — tinham-lhe reservado um espaço maior — e permanecia calado e com o olhar fixo adiante; ele sentava-se entre duas belas moças loiras e muito engraçadas, que conversavam o tempo todo, e eu ficava olhando de uma para a outra. Apesar da iluminação intensa, não conseguia distinguir os demais convidados, talvez porque todos estivessem em movimento, erguendo os copos e brindando, e os serviçais passassem por todos os lados servindo comida; ou talvez a iluminação fosse simplesmente excessiva. E também havia uma certa desordem — aliás a única —, causada por alguns convidados, em especial mulheres, que se sentavam de costas para a mesa; não que o encosto das cadeiras estivesse entre as pessoas e a mesa, mas quase chegava a tocar a mesa. Chamei a atenção das duas moças à minha frente sobre esse fato, mas elas, até agora tão falantes, limitaram-se a sorrir e me olhar longamente, sem nada dizer. Ao soar de um sino — os serviçais imobilizaram-se entre as fileiras — o gordo à minha frente ergueu-se e fez um discurso. Por que será que o homem estava tão triste! Enquanto falava, enxugava o rosto com um lenço; isso até passava, era compreensível devido à sua obesidade, ao calor no salão e ao esforço demandado pelo discurso, mas percebi nitidamente que era um truque para encobrir as lágrimas que lhe corriam pelo rosto. Ele mantinha os olhos sobre mim, não exatamente me olhando, mas como se estivesse vendo meu túmulo aberto. Quando acabou, naturalmente também me ergui e proferi um discurso. Realmente sentia necessidade de falar, pois me parecia que aqui, e provavelmente também em outro lugar, havia muitas coisas a esclarecer, pública e abertamente.

Fragmentos de cadernos e folhas soltas, sem data

"Estamos no caminho certo?", perguntei ao nosso guia, um judeu grego. À luz da tocha, ele virou para mim seu rosto triste, pálido e suave. Para ele, tanto fazia se estávamos ou não no caminho certo. Onde estávamos com a cabeça ao contratar um guia que, em vez de nos conduzir pelas catacumbas de Roma, até agora se limitava a nos seguir calado? Parei e esperei até que o grupo inteiro se reunisse. Perguntei se faltava alguém, ninguém deu falta de ninguém. Tive de me satisfazer com isso, pois eu mesmo não conhecia nenhum dos outros; éramos todos estrangeiros e tínhamos descido às catacumbas atrás do guia; só agora eu tentava conhecer os outros um pouco melhor.

Fragmentos de cadernos e folhas soltas, sem data

Se você continua sempre correndo, continua chapinhando na mornidão do ar, as mãos espalmadas ao vento como barbatanas, na sonolência da pressa só terá uma visão fugaz das coisas à sua volta, até que um dia vai deixar a carroça ultrapassá-lo. Mas se ficar imóvel, se, com a força do olhar, deixar crescer raízes largas e profundas — nada poderá movê-lo, não serão de fato raízes, mas apenas a força de seu olhar que vai direto à meta —, então poderá vislumbrar a lonjura sombria e imutável, de onde nada chega além daquela carroça que vem vindo, vem chegando, cada vez maior, e no momento em que o alcança, preenche o mundo, e você mergulha nela como uma criança no balanço de uma viagem de carroça, correndo através da noite e da tempestade.

Fragmentos de cadernos e folhas soltas, sem data

Afiei a foice e comecei a cortar. Massas escuras caíam à minha frente, e eu avançava entre elas sem saber o que era. Da aldeia vieram gritos de alerta, mas eu os tomei por gritos de incentivo e prossegui. Cheguei a uma pequena ponte de madeira. Tinha terminado o trabalho e entreguei a foice a um homem que ali esperava; com uma mão ele pegou a foice e com a outra acariciou-me o rosto, como a uma criança. No meio da ponte fiquei em dúvida se estava no caminho certo e berrei na escuridão, mas ninguém respondeu. Então voltei à terra firme para perguntar ao homem, mas ele já desaparecera.

Fragmentos de cadernos e folhas soltas, sem data

"Como vim parar aqui?", perguntei. Estava andando ao longo das paredes de uma sala razoavelmente grande, iluminada por uma suave luz elétrica. Até havia algumas portas, mas ao abri-las dava com uma parede de pedra polida e escura, a menos de um palmo da soleira da porta, uma parede reta que se estendia para todos lados, a perder de vista. Não havia saída. Só uma das portas levava a um quarto contíguo, onde a vista não era tão desolada quanto a das outras portas, embora igualmente estranha. Era um quarto principesco onde predominavam o vermelho e o dourado, com vários espelhos da altura da parede e um grande lustre de vidro.

Fragmentos de cadernos e folhas soltas, sem data

Os que estavam prontos a morrer jaziam no chão, apoiavam-se nos móveis, trincavam os dentes, tateavam a parede sem sair do lugar.

Fragmentos de cadernos e folhas soltas, sem data

Deixaram-me entrar em um jardim particular. Na entrada precisei superar algumas dificuldades, mas por fim saiu um homem de trás de uma mesinha e prendeu em meu peito um distintivo verde-escuro, trespassado por um alfinete. "Deve tratar-se de uma condecoração", brinquei, mas o homem só me bateu nos ombros como se quisesse me tranquilizar — mas por que me tranquilizar? Com o olhar autorizou-me a entrar. Mas após alguns passos me lembrei de que ainda não tinha pago. Quis voltar, mas vi uma mulher muito alta, trajando um casaco de viagem num tecido grosseiro, cinza-amarelado, inclinada sobre a mesinha contando uma grande quantidade de moedas minúsculas. Provavelmente notando meu incômodo, o homem gritou para mim, por cima da cabeça da mulher: "Isto é para o senhor!". "Para mim?", perguntei incrédulo, e olhei para trás para ver se ele se dirigia a outra pessoa. "Sempre essas mesquinharias", comentou um senhor vindo do gramado, passando vagarosamente à minha frente e retornando ao gramado. "Para o senhor. Para quem mais? Aqui um paga para o outro." Agradeci a informação, aliás dada com toda a má vontade, e lembrei o homem de que eu não tinha pago para ninguém. "E para quem o senhor pagaria?", resmungou afastando-se. De qualquer modo, eu queria esperar a dama e tentar entender-me com ela, mas ela tomou outro caminho, foi-se rumurejando o casaco, o véu azulado do chapéu esvoaçando suavemente atrás da figura portentosa. "É Isabella", disse um passante ao meu lado, igualmente olhando a dama que se afastava.

Fragmentos de cadernos e folhas soltas, sem data

O senhor dos sonhos, o grande Isacar, estava sentado diante do espelho com as costas apoiadas na superfície e a cabeça jogada para trás, mergulhada fundo no espelho. Aí chegou Hermana, o senhor do crepúsculo, e mergulhou no peito de Isacar até desaparecer por completo.

Fragmentos de cadernos e folhas soltas, sem data

Enrosquei o sonho nos galhos da árvore. As crianças brincando de ciranda. A repreensão do pai, curvado sobre elas. Quebrar a lenha no joelho. Semi-inconsciente, pálido, caído na parede do tapume, olho para o céu como à espera de salvação. Uma poça d'água no quintal. Velhos trastes agrícolas no fundo. Um atalho tortuoso e ramificado despenhadeiro abaixo. Às vezes chovia, mas às vezes fazia sol. Apareceu um buldogue e os gatos-pingados recuaram.

Fragmentos de cadernos e folhas soltas, sem data

Envolve a criança nas dobras do teu manto, sonho sublime.

Fragmentos de cadernos e folhas soltas, sem data

Este livro foi composto em Garamond pela *Iluminuras*, e terminou de ser impresso nas oficinas da *Meta Brasil Gráfica*, em São Paulo, SP, sobre papel off-white 80 gramas